파울 첼란 전집(전 5권) 제5권

유작

GESAMMELTE WERKE. Volume 7 : Die Gedichte aus dem Nachlaß von Paul Celan.
Herausgegeben von Bertrand Badiou, Jean-Claude Rambach und Barbara Wiedemann

파울 첼란 전집(전5권) **제5권** — **유작**

허수경
옮김

문학동네

일러두기

1. 번역 대본으로는 *Paul Celan: Gesammelte Werke in sieben Bänden, Siebter Band*(Paul Celan, Suhrkamp Verlag, 2000)을 사용했다.
2. 차례의 제목, 본문의 볼드체와 고딕체는 원서에 따른 것이다. 제목이 없는 시 중 대문자로 표시된 경우는 볼드체로, 그 외의 경우는 고딕체로 첫머리를 표시해 구분했다.
3. 같은 시이지만 제목이나 구두점, 시행, 시구 등에서 차이가 있는 경우 원서에 따라 부록에 실었다.
4. 주석은 모두 옮긴이주다.

차례

『양귀비와 기억』 시기

시집으로 묶이지 않은 시

흩어져 있는 시

『문지방에서 문지방으로』 시기

흩어져 있는 시

『언어격자』 시기

흩어져 있는 시

『누구도 아닌 이의 장미』 시기

시집으로 묶이지 않은 시

흩어져 있는 시

『숨전환』 시기

시집으로 묶이지 않은 시

흩어져 있는 시

『실낱태양들』 시기

시집으로 묶이지 않은 시

「어두워졌다」 시기에 쓰인 시

흩어져 있는 시

『빛의 압박』 시기

시집으로 묶이지 않은 시

흩어져 있는 시

후기 시 모음

흩어져 있는 후기 시

쓴 시기를 알 수 없는 시

파울 첼란—쿠르트 레온하르트

부록

『양귀비와 기억』
시기

시집으로 묶이지 않은 시

함께

카네이션의 하늘에 또한 입 하나가 머문다, 네게 미소 짓기 위해.
아직 입은 네게로 가는 길을 안다,
네 밤의 반쪽 이파리,
우리 비명의 숨죽인 식물.

입은 어둠을 앞서 밝히고 문가에서 단어들을 말한다:

무거움은 무거웠다;
입김 하나는 너를 잡아채는, 바람이었다;
심장 하나, 눈雪 밑에서 아직도 뛰고 있는.

이러한 것들은 여기에서 진실로 남는다는 것을 그들이 들을 때, 문들은 열린다:
내 눈眼은 네 눈과 함께 그곳으로 들어간다
뒤따르는 이들 속 가장 어두운 쌍으로.
눈眼이 눈에 순종할 때, 언제나처럼 비가 온다,
그리고 가장 어두운 쌍에게 떠다니는 카네이션의

흩날리는 잠이 왼편으로 마련된다.

이마들을 우리에게 재어주는 밤, 이제 플라타너스의 잎을 나누어준다:

빗속에서 무르익은, 누런 잎은, 내 것이다,
사랑이 거룻배라고, 내가 생각할 때,
금과 이익으로 무거워서, 아무도 그 배를 노 저어가지 못한다,
실종된 눈眼들의 만 앞에서, 배는 주인 없이 건너간다;
하늘은 배에게 그렇게 자주 제 별을 보여주지,
그래서 배는 믿네, 너를 안다고,
그리고 방랑중인 오디세우스를 따라가지 않네.

심장의 문으로 가는 길 위에 쌓인, 붉은 잎은, 네 것이다:
너는 안다, 누가 나를 연마하는지, 밤이 무엇을 원하는지, 내가 생각할 때.
너는 안다, 내가 어디에 누워 있는지, 내가 생각했으므로.
너는 내 생각 쪽으로 눕는다.

남은 잎들은 하지만 누구의 것도 아니다:

갈빛인 것은, 쟁취한다, 저녁을;

그건 우리의 아들을 알아본다.

모든 상처에서

나에게 적막의 장갑을 심장 앞으로 던져라:
단 한 번 가을에 돌은 푸르러진다—그것은 어제였다;
그것은, 길 위의 소금이 그렇게 붉어졌을 때였다;
그렇게 붉어서, 사람들은 믿었다, 시간이 시작된다고,
사람들이 자정의 너울로 손짓했던 시간이;
시간의 튤립날씨,
그때 유리잔 하나하나의,
요람과 관 하나하나의,
발자국 하나하나의 소망이 이루어지고—
네 눈眼을 얼음으로부터 끌어내는, 시간,
네가 너의 그림자를 묶게 하고
종에서 침묵을 자아낸다, 네가 춤출 때.

나에게 적막의 장갑을 심장 앞으로 던져라:
그것은 어제였다
그리고 우리 둘과 함께 피 속에 누워 있다.

죽음

이반 골을 위하여 | …… |

죽음은 한 송이 꽃이다, 단 한 번 피는 꽃.

하지만 그렇게 죽음은 피어나네, 죽음 말고는 아무것도 피어나지 않네.

그러기를 원하자마자, 죽음은 피어나네, 죽음은 시간 속에서 피어나지 않네.

그가 온다, 하늘거리는 줄기를 장식하는, 커다란 나비 한 마리.

너는 내가 줄기이게 해라, 아주 힘세어서, 나비를 기쁘게 하는.

오 세계의 푸른빛이여, 오 푸른빛이여, 네가 나에게 이미 말했던 빛!

나는 내 심장에 거울을 박아넣는다. 박편의 백성은

네 입술을 계율로 세웠다: 너는 말한다, 너는 본다, 너는 다스린다.

네 왕국은 열려 있다, 너로 인해 찬란하게 빛난다.

하지만 너에게로 어두워지네, 하지만 푸른빛은 옅어져가네,

누이는 네 말에서 나온 세계 중심에,

그렇게 드넓음의 문 앞으로 빗장을 지른다:

나는 심장벽에 파편을 덮으려 하네—

이 방에서는 네가 가는 것이 어떤 오는 것으로 머문다.

흩어져 있는 시

매운 약초에서 나온 죽은 정신에게서
그대는 밤을 얻고 설탕을 달인다
미래의 풀줄기에서 교수대의 상장喪章이 나부낀다
그대 물레방아 신이여 그대는 그대였던 것을 빻는다

말발굽의 이성이여! 내리침의 졸음 속 말言이여!
좀더 많음과 좀더 적음에서 잔은 텅 빔을 길어올리네
그대의 이齒는 그대 옆에 있는 사람들을 잘도 빗질하네
시간은 우리가 어제 삐걱거리는 소리를 들었던 그 무엇

그대가 여기에서 쫓아가는 이 마치 내가 아직 눈멀지 않은 것처럼
눈과 눈이 아직 한쌍인 것처럼:
그대는 한 걸음에서 한 걸음으로 일곱 번 나아갔다
그리고 모든 일곱에게 일곱 번 아니라고 말하렴

왕의 검음

오로지 밤이 눈앞에서 말하게 한다:
오로지 어디에 아직 바람이 있는지 소리를 듣는 잎이;
오로지 작은 새장 속 목소리가.

오로지 그녀가, 오로지 그녀만이.
하지만 너를 발로 걷어차고 너 자신에게 말하라: 겁내지 마라,
네 위에 있는 돌의 품격을 지켜라,
죽은 이의 수염에 친구로 머물러라,
꽃을 지렁이에게 짜맞춰라,
네 돛을 관 위에 달아라,
아래쪽 평야의 딱정벌레를 승선시켜라,
흐림에게 알려주어라.

그들에게 두 배로 알려주어라:
너에 대해서 그리고 너에 대해서,
저울의 두 접시에 대해서,
입장을 갈망하는 어둠에 대해서,
입장을 허락하는 어둠에 대해서.

딱정벌레에게 알려주어라,

흐림에게 알려주어라,

꽃을 지렁이에게 짜맞춰라,

네 돛을 관 위에 달아라,

네 심장을 네 머리말에 눕어라.

그림자의 초상

네 눈, 내 걸음의 빛흔적;
네 이마, 검의 광채로 주름진;
네 눈썹, 부패의 길가;
네 속눈썹, 긴 편지의 전령;
네 곱슬머리, 까마귀들, 까마귀들, 까마귀들;
네 뺨, 새벽의 문장영역;
네 입술, 늦은 손님들;
네 어깨, 잊음의 입상;
네 젖가슴, 내 뱀들의 친구들;
네 팔, 성문 앞의 오리나무;
네 손, 죽은 맹세들의 칠판;
네 허리, 빵과 희망;
네 성기, 산불의 법;
네 허벅지, 나락 속 날개들;
네 무릎, 네 교만의 가면;
네 발, 생각의 전쟁터;
네 발바닥, 불꽃의 납골당들;
네 발자국, 우리 이별의 눈.

네 동경의 검은 가장자리에

7월의 색 머리칼의 낯선 여인이 잠잔다.

그녀는 네 여름이 아니다:

네 눈의 그늘진 별은 그녀에게로 충분히 일찍 떠오르지 않았다.

그녀는 누워 있었다, 안개의 갈대피리 하나, 모로코의 모래 속에,

그녀는 수염들과 칼들 사이에 누워 있었다,

네가 네 위에 있는 돌 속으로 그녀의 느슨한, 심장을 잘라냈을 때.

그녀는 머리칼을 달빛의 가시를 둘러싸고 동그랗게 만다,

스코틀랜드의 장미,

레슬리, 네 하늘의 둥지,

레슬리, 입김과 은은한 빛,

레슬리, 네가 미소 지으며 그 발의 관절에 입맞추는 죽음.

헐뜯는 말

나에게 밤의 거품을 주렴—거품을 물었던 이가, 나였다.
나에게 환영을 주렴—내가 환영 그 자체였다.
나에게 가벼운 머리칼을 주렴, 어두운 눈을, 검은 베개를:
나에게 두번째 죽음 뒤 세번째를 주렴.

일곱 바다가 내 유리잔 속으로 몰려온다:
나는 네가 믿는 만큼 오래 마실 수 있다, 독을 섞기 위하여,
그렇게 오래 네 봄이 입술 한쌍을 속일 때,
그리고 네가 태양들을 뒤집고 구름을 모으는 것보다 더 오래.

너는 내 탁자의 벗이다, 너는 내 목마름에서 마신다,
너는 나와 같다, 하지만 나는 너와 같지 않다,
너는 나누어주고 나는 나누기에;
하지만 네가 따라주는 것을 나는 마신다:
나 자신이 쓴 것보다 더 쓴맛은 아니다,
그리고 아직 네 일곱 바다는 내 일곱 눈물이다.

술자리에서 부르는 노래

꿈의 스쳐지나가는 빛, 사랑의 도깨비불, 밤의 늪지에 뜬 태양들!

취했다 잔들이, 취했다 탁자들이, 취했다 술꾼들은 그전에!

매장당한 이들 곁에, 생각 곁에 우리 미래의 사람들은 다시 돌아온다—

오 그대들이 쏟아부은 것은, 어찌나 내 입에 맛있는지—나에게 숨결은 여전히 그리고 빛도 거품을 낸다!

그대들 가장 깊이 안개 속에서 말이 가닿은 것—그것을 심장에 받아들여라, 빛을!

하지만 밝음은, 그것은 마치 어둠처럼 허공을 떠돈다—보아라, 밝음은 우리를 비추지 않는다!

꿈속에서야 비로소 명예가 주어지는 머리처럼 아름답게, 땅은 이제 가까이로 굴러온다:

그이는 그대들 가운데 가장 강한 자, 신들이여, 지금 내가 미소 짓는 것을 볼 수 있는 자!

『문지방에서 문지방으로』
시기

흩어져 있는 시

다른 이

침묵은 나보다
너에게 더 깊은 상처를 입혔다,
더 큰 별들은
너를 그들 눈길의 그물 속으로 자아넣는다,
더 하얀 재는
네가 믿었던, 말言 위에 놓인다.

우리 밤의 해 그 3월에

나는 내 별처럼 푸른 뿔을 네 천막 속으로 찔렀다:
너는 그걸 뉘어두었다
이별의 빗물통 속에.

네 신발은, 나는 보았네, 떠로 감겼지,
네 눈길은
산봉우리 주위를 눈雪과 함께 날았다,
그리고 그 아래 우물 속
네 심장을 이미 포도주가 즐겁게 해주었다, 그 술로는 어떤 빵도 쪼개지지 않지.

너는
높이와 깊이 위로 나뉘었고,—
모래 속
나는 누웠고 그리고 파냈다
우리 여름의 기한이 지난 저당물을.

절벽 위에서

너는 가벼워져 헤엄치는 자이고자 한다
어두운, 술 취한 바닷속에서:
그렇게 바다에게 마실 방울을 주기 위해,
그 안에서 너는 너를 밤에 거울로 비추었다,
네 영혼의 포도주를 눈 속에.

이제 바다는 더 어둡다, 취해서:
더 어둡고 더 무겁다—바위여!
또한 너는 무거워져 굴리려 한다,
눈 속에 돌로 굳은, 포도주를.

『언어격자』
시기

흩어져 있는 시

또한 우리는 있으려 하네,
시간이 문지방말을 하는 곳에,
천년이 젊게 눈雪 속에서 올라오는 곳에,
방랑하는 눈眼이
제 놀라움 속에서 쉬고
오두막과 별이
이미 길이 다 측량된 것처럼,
푸름 속에 이웃처럼 서 있는 곳에.

너는 눈眼을 가지고 있나

미늘고리를 위하여
내 심장벽 속에,
귀 하나
우리가 나누는 대화를 위하여,
그가
그리고 내가,
마치 이곳에
모든 말해진 것을 위한 공간이 있는 것처럼?

너는 더이상 아무것도 가지고 있지 않나,
그렇다면 나는 한번 더 오려고 한다
그리고 그이고자 한다.

진한 초록 위에,
삶의 손가락으로 그려진:
손의 빛흔적,
말言의 저녁과 새벽을 잡았던 손,
그 말 주위로 지금 모인 먼 곳들의
감사가 나타난다.

아마포의 떠오름 속,
달라지기를 원하는:
위로 솟구치는 어떤 푸른빛.

그의 물가에, 낮이 환하게:
이러한 그림의 시간.

시간은 네 눈眼이 원하는 것처럼 자란다.

『누구도 아닌 이의 장미』
시기

시집으로 묶이지 않은 시

늑대콩•

……오
그대 독일의 꽃들이여, 오 내 심장은
짊어질 수 없는 수정체가 된다, 그 옆
빛이 저를 시험하는, 만일 독일이
횔덜린, 〈심연에서 말하자면〉

……유대인의 집들 옆처럼 (폐허가 된
예루살렘을 추모하며), 언제나
무언가 완성되지 않은 것을 남겨두어야
하는 것처럼……
장 파울, 『캄파니아 골짜기』

빗장을 걸어라: 이것은
집안의 장미다.
이것은
집안의 일곱 송이 장미다.

• 루피너스라고도 불리며 긴 꽃대에 여러 개의 작은 꽃이 어긋나게 붙어 피는 모양을 하고 있다.

이것은
집안의 일곱 팔을 가진 촛대다.
우리
아이는
그걸 안다 그리고 잠잔다.

(멀리, 우크라이나의,
미하일리우카, 그들이
내 아버지와 어머니를 때려죽인 곳에서는: 무엇이
피어나나 그곳에서는, 무엇이
피어나나 그곳에서는? 어떤
꽃이, 어머니,
당신을 아프게 했나요 그곳에서는
그들의 이름으로?
어머니, 당신을,
당신이 늑대콩이라 말했던 것, 아니:
루피너스요.

어제
그들 가운데 한 사람이 왔어요 그리고
당신을 죽였어요
다른 때엔 내
시 속에서.

어머니.
어머니, 누구와
나는 악수했나요,
내가 이러한
당신의 말들과 함께 독일로
갔을 때?

우스티나트라벰에서는, 당신은 언제나 말했지요, 엘베강
옆에 있는
우스티나트라벰에서는,
언제나
도망중이었다고.

어머니, 그곳에는
살인자들이 살았습니다.

어머니, 나는
편지를 썼어요.
어머니, 답장은 오지 않았어요.
어머니, 답장이 한 통 왔어요.
어머니, 나는
편지를 썼어요—
어머니에게, 편지들은 시를 씁니다
어머니, 편지들은 시를 쓰지 않았어요,
내가
당신을 위해,
당신의
신을
위해.
썼던 것이 시가 아니었다면.
찬양하렴, 당신은 말했어요,

영원을 그리고
찬미하렴, 세-
번
아멘.

어머니, 그들은 침묵합니다.
어머니, 그들은 견딥니다,
비열이 나를 헐뜯는 것을.
어머니, 누구도
살인자들의 말을 가로막지 않습니다.

어머니, 그들은 시를 씁니다.
오
어머니, 얼마나 많은
가장 낯선 들판이 당신의 작물을 실어나르는지요!
그것을 실어날라 먹이는지요
저기 죽이는 자들을!

어머니, 나는
길을 잃어버렸습니다.
어머니, 우리는
길을 잃어버렸습니다.
어머니, 내 아이, 당신을
닮은 아이가요.)

빗장을 걸어라: 이것은
집안의 장미다.
이것은
집안의 일곱 송이 장미다.
이것은
집안의 일곱 팔을 가진 촛대다.
우리
아이는
그걸 안다 그리고 잠잔다.

나무껍질과의 대화. 너
너를 벗겨라, 오렴,
나를 벗겨라 내 말로부터.

그렇게 늦다, 그렇게
벌거벗었고 칼에 가깝게 우리는
존재하려 한다.

그리고 무거워라,

그리고 무거워라 마치 네
지금 세월을 지나서도 헤아릴 수 있는
그곳- 그리고 나와-함께-하는 존재처럼.

그리고 무거워라, 그대 가벼운 이여, 그리고 무거워라.

그리고 무거워라 마치 이곳-
그리고 벗어나-두번째-
어둠 속으로-감히 들어가게-
되는 것처럼.

세 번 그리고 또다시 세 번
그리고 언제나 너와 함께.

무거워라 그리고 무거워라 그리고 무거워라.

그리고 단 한 번도
가장된 심장과 함께는 아니어라.

광채 없는, 온전히
안을 향해 빼앗긴 눈길:

겹-
그늘, 언젠가 나였던,
그늘은 물러선다
서로, 밤의
격자 받침대는 높이 솟아 있다—가렴 지금,
아주 오래 이 세계에 있던, 말이여, 바깥으로
굴러가렴—

아이의 눈으로, 아이어머니의
눈으로
나는 내 두번째의,
내 첫번째의 창문을
발견한다.

밝음

무거운 것,
정적에 인도되었다.

부활-
한
쌀알의
빛 속.

이야기

한번은, 한 번도 아닌, 그때,
너는 아는가, 그곳에서
나는 땅의 물을 보았다.

그

현세적인 것, 영혼의-
눈을 나는 보았다,
그때:

눈물

속, 여기 헤엄쳐 지나갔던 눈물 속에서,
나는 보았다 그것들이
서 있는 것을.

유대이방인적으로, 밤에

나는 주었다, 나는 주었다—돌로 그것이 돌아왔다.
그것은 웅웅거린다.
그것은 맞는다.

고름빛 속, 눈앞에 두고
살인자, 손들, 그대들은 잠자지 않는가?

그들은 맞는다. 그들은 맞았다.
우리는 잠잔다, 우리는 잠잔다.

그리고 저들—그 "다른 이들"?

우리는 잠잔다: 우리는 방랑한다.

리체르카레•

간다,
손을 지나서 너에게로 갔던 것이,
네 손의 길을, 밤의-,
운명의 길을 간다.

하지만: 한 줄, 언젠가
종이에 불어넣은, 어제
익사한 탁자 위—:

사이,
밤사이, 밤사이, 그때 된다,
그때
나날은
하얗게 된다.

• 이탈리아어 '찾는다' '탐구한다'에서 온 말로, 하나 이상의 주제가 선율을 모방하며 발전해나가는 기악곡이며 이후 푸가로 발전한다.

손 위로 갔던 이는, 이것을
썼던 이들은: 그는,
쐐기풀문자를 읽었던 이는, 이해받지-
못했던 이, 그만이
또한 다른 이들을 이해한다.

자정

갈대 속, 그곳에 시간들이 서 있다—갈대는 어디에 서 있나?
내가 보지 않은,
네 눈 속에 서 있다.

높이. 빽빽하게. 배부르게. 짙은 녹색으로.

나는 이름이 없다. (이름은 사람들의 늪지에서 썩는다.)
나는 이름이 없고 다만 손 하나가 있다.
(다른 한 손은 이름 곁에 누워 있다—그 손은 움튼다, 그 손은 움튼다.
백 개의 손가락으로 그 손은 움튼다: 이름은 썩고 또 썩는다.)

나는 이름이 없고 다만 손 하나가 있다:
나는 두 곤봉을 잡는다, 나는 가장 검은 두 곤봉을 잡는다.
나는 그 둘을 서로 마주보게 구부린다—이 시간은 우리의 시간이다.

고통은 말들 옆에서 잔다, 고통은 잔다, 고통은 잔다.
고통은 이름을 향하여 잠든다, 이름을.
고통은 죽음을 향하여 잠든다 그리고 삶 속으로.

씨앗이 움튼다, 그대는 아는가,
움튼다, 움튼다
밤의 씨앗이 움튼다, 홍수 속에, 어떤 백성이
자라난다, 어떤 씨족이
고통-으로부터-그리고-이름-으로부터—: 항상
그리고 예전부터 그랬던 것처럼 익사한
그리고 충성스러운—: 존재하지-
않았던,
살아 있었던
내 씨족, 네
씨족.

IL COR COMPUNTO•

똥물, 똥물, 똥물과 똥.

춤추는 발가락에
뒤엎여서,
도기를 빚는 모든 색욕에
사방팔방으로 조물거리기 좋게 되었네, 모든
그들의 부지런한
침과 땀으로:

아직도, 아직도,
다시 그리고 또다시
같은 것—잔 하나—:
그렇게 간다 황홀경에 빠진 것은 차례대로,
차례대로 간다, 차례대로.

마셨구나, 너희 입들이여, 마셨구나!

• 단테의 『신곡』 중 지옥편에 나온 문장으로 '심장이 옥죄였다'라는 뜻.

누구에게 액체가 된 섬광은 유효한가?
온더록스를 마셨네, 온더록스를.

그와 함께 왕은 가네, 구역질.
그는 잔에 남은 것 또 남은 것을 돌보네.

진정함

십자가에, 거기에 계속, 공기로서,
오로지 그 하나, 가름-
보가 남아 있었다: 그는 눕는다,
보이지 않게, 눕는다 더 깊은
심장의 방 앞에: 너는
너를 너 자신을 기억한다, 너는
너를 거짓에서 밖으로 들어올렸다—:
자유로이
들끓는 옥죄임 앞에서
너는 지금 숨쉰다
그리고 너는

말한다.

LES BLANCS SABLONS•

작은
불꽃과 함께
우리는 서 있다
바깥을 향해 끝없음 속으로, 바깥을-
향해.

쓸개즙으로, 쓸개즙으로
—쓸개즙 또한
하늘의 정수였지—, 쓸개즙으로
그들은 우리에게
입안 가득 부어주었지, 입맞춤을 위해
슬픔으로 지새웠던 입.

기름, 기름은
또한 기름이었지. 더 작은
불꽃과 함께

• 프랑스어로 '하얀 모래'라는 뜻.

우리는 계속해서 바깥을 향해 서 있었다:

공간-

없는 곳 속으로 우리는 그림자를 드리웠네—: 가장자리 술 하나,

히스처럼 어둡게, 섬에게

윤곽을 부여했다, 우리는 이미

그곳에 살고 있었네, 그들과 함께, 우리

아직 생겨나지 않은 시간과 함께.

IMMERSIO•

당신들 옆에, 당신들의 영원한
결코아닌노래들, 깊이
아래에서, 어디로
그 단어 사랑하는 이는
나를
앞서 헤엄쳤나
그 단어 들판 속으로,

그곳에

나는 눕네,
영혼-
해조류 가득한 이름을
내 주위에—: 어떤
세례받지 않은 자, 어떤
가라앉은 자.

• 라틴어로 '물에 담금' '침례'라는 뜻.

붉은털원숭이—

뿌리-, 뿌리-, 뿌리-
내렸다
우리 숨 속으로
숨겨진 것이: 그것이
열매를 맺는다, 그들의 씨앗은
서 있다, 별로, 그림 뒤에,
우리 혈관과
정맥 속
쌍둥이 그림 뒤에—: 누가
그곳에서 말하나, 심장은
집이 없고 내일이 없다고?

폐쇄음

Seul—: 셋이서 말했다, 자음의
무성진동음을.
Seuls.

....

아치 하나, 위로
아마도 속으로 팽팽히 당겨진 어떤 언어,
내가 그 언어로부터, souviens-
t'en,—그 언어로부터 나는
온다고
믿었다는 것을. 그리고

une corde (어떤 현, 어떤
섬유) qui
répondrait.•

• 각 연의 프랑스어는 순서대로 '혼자', '기억하라', '대답할 것 같은 기호'.

멀리 떨어진
은銀처럼, 또한
사람에게서 날아다녔네, 오는 일도
없이 들어왔네,
둥글게,
그리고 우리를 보았네, 눈으로:

그곳에는
고통이라는 단어가 주발이었네, 그곳으로부터
우리를 향하여 기쁨이라는
단어가 솟아났네—솟아라,
우리를 넘어 솟아라, 위로 솟아라
우리 둘에게로, 지붕
밑으로,
침대로, 밤이,
우리 몸의
지배자가, 조용히 준비되어 있었던 곳, 밤의
충만한 아침의 심장처럼 검은
깊은 곳이.

평화의 비둘기와 함께, 그렇게 온다
늑대인간이 그곳으로부터, 정도를 비추는
거짓의 한가운데에서 숲을-
거슬러 걷는 자가.

어서 가렴, 그를 쫓으렴, 그는 혼자가
아니다. 그와 함께 거꾸로-
뒤집힌 사형집행인의 말言도 간다, 커다란-
아가리로, 금니로
주위를 빤히 바라보며, 금-
엄니로, 금-
발톱으로.

원숭이의 시간. 그리고
살아 있는 부정, 인간의-
눈을 가진 모든
정교하게 묶인
올가미와 시행의
정중앙에.

희망의 고통-
색으로
밝게; 긍정에
길을 알려주는 흔적처럼,
크게, 지치지-
않고, 치워버릴 수-
없이.

온다
손 하나가—갈퀴
아님.

손의 시간, 말똥가리-

날개

뒤, 쥐라산맥,

낙엽송의 돌 옆,

우리에게 왔다, 옥죄어지지 않음

위에, 우리가

갔던 곳,

무언가를 향해서: 그

갈대, 생각하는

갈대.

* * *

발레•의 비가

더 많은 하늘이 있는 곳—거기서 나는 떠돌 준비가 되어 있는데
밝은 동경이 나를 놔주지 않네
아직 어린 보로네시 언덕에서
토스카나의 빛나는—어디에나 존재하는 언덕으로 가도록
오시프 만델스탐, 1937

바비야르•• 위에는 어떤 기념비도 없다.
예브게니 옙투셴코, 1961

절반의 밤과 밤을 기억한
미동, 경련, 말없는
승리들. 외로운, 만년설 속
음경의 시간.
레기나 바기나•••.

(흑해의 옛날 타타르인 마을의

• 스위스 서남부의 주로 중세유럽 가장 초기의 마녀재판이 행해진 곳 중 하나이다.
•• 우크라이나 키예프의 협곡으로, 나치 독일의 학살이 자행된 곳이다.
••• 레기나는 '여왕'을, 바기나는 여성의 '질'을 뜻하는 라틴어.

가장자리에. 모래-
형상, 모래머리칼, 모래입—:
마치, 마치 언제나 그런 것은 아니지만
오래전에 교미를 끝낸 말言 하나가
우리 곁에 누워 있는 것처럼, 갖가지
흔들림 속에.

우리는 누웠네, 우리는 누웠네. 나는 헤엄쳤네,
눈 속 우리 밤, 네 눈을 향해서.
바람빛 하나,
네 심장은 방파제 위에 서 있었네, 우리는 날아갔네
물 뒤의 집으로, 반짝거리며. 창문 하나
우리를 비추었네, 그것은
어느 이름의 집 창문이었네: 크리스티안
라코브스키•—흑해의,

• 불가리아 출신의 사회주의 혁명가이자 외교관으로 반유대 운동의 반대자였다. 정적인 스탈린에 의해 강제노역지로 끌려가 죽음을 맞이했다.

흑해의 옛날. 결코아님 너무 많은
언제나. 타이가의
은은한 빛과 함께 있는 바다.

계속 물러간다, 너에게로, 언제나-
가까운 잃어버림.

고요하고 또 고요한
대탈출-빛깔의 눈眼,
더 조용하게,
세미팔라틴스크•에서
떠돌다 돌아온 비탄:
걷고 있는 이 하나, 나는
네가 오는 것을 보았네. 우리는
너무 오래 살아남았지.

• 카자흐스탄 북동부의 도시. 전쟁중 발트해와 볼가강 인근의 독일인들이 이곳으로 추방되었으며 도스토옙스키가 시베리아 유형 이후 이곳에서 강제복무를 하기도 했다.

통행세. 고향의 통행세. 나무-
내음 여름에, 어느 어린 시절의
가장자리에. 서 있었네
—책 속에 그리고 너도밤나무 아래 서 있었네—, 서
있었네
숲속에는 제재소가. 커다란 낫 위에
낫 위에
그들은 너를 짊어지고 그곳을 지나갔다: 네 이름은 무엇이었느냐,
머리 잘린 자여? 네 이름은
유딧이었다. 서 있었네
숲속에는 제재소가.

통행세 그리고
통행세의 저편, 마우트-
하우젠•. 수천의-
계단, 발자국 하나가

그곳을 지나갔다, 눈 하나가, 다르게,
서 있었네 뿌리-, 구근-
부분에, 경작지를
보았네, ―그것은
식물이다, 너는 아는가,
서 있다,
그것은
유대인불알에 솟아올라 있다, 그것을
보았던 이, 그에게로―
그에게로, 그렇게 다시 본다, 그가
스스로를 볼 때, 그에게
영혼의 눈 속에서
영혼이 피어오른다.

• 마우트하우젠은 2차세계대전 당시 나치수용소가 있었던 오스트리아의 도시로, 이곳에서 유대인들은 이른바 '죽음의 계단'을 올라 채석장까지 무거운 돌을 나르는 중노동에 시달렸다. 첼란은 독일어로 '통행세'를 뜻하는 Maut와, '살다'라는 뜻의 hausen, 그리고 숫자 '천'을 가리키는 tausend의 발음 유사성을 이용해 시를 쓴 것으로 보인다.

나는 그 영혼을 보았네, 영혼이 왔다네,
눈眼을 변환시키는 것처럼 영혼이 왔네, 열려서,
영혼은 왔네
현혹되지 않는 예감과
함께, 빛,
열 번이나 꺼져버린 빛, 밝게
영혼은 품속에 실어날랐다, 자유롭게,
누이처럼 갔다
영혼은 그늘의 길을 올라가서, 수천의-,
통행세의 길을,
보지 않았던 길을— 기이해라, 그대, 길에서-
떼어낼 수 없었던 이여. 빛의 품.
살베•
레기나.

• 살베 레기나의 형태로 '경하합니다, 마리아여'라는 뜻. 성모에게 드리는 찬송가 형태의 기도다.

나는 그 영혼을 보았네, 다른 영혼, 영혼이 왔다네
수천의 계단이 맹세한,
서약과 함께:
가벼이,
그렇게 영혼은 나에게
문지방 위로 무거움을 던졌네, 영혼 옆에서
내 믿음과 함께 나는 잠들었네.
영혼은 왔네—
그리고 자신을 속였네 저 너머
교대로 변하는-
서약들에로 그리고 -풀무에로.
식물이 서 있네—가렴,
가렴, 너를 찾으렴, 너는
나의 회한을 가졌다, 너는
그걸 가졌다: 내
축복을 너는 가졌다.
발레•

바기나.)

절반의 밤과 밤을 기억한
미동, 경련, 말없는
승리들. 언제나-
가까운 잃어버림, 여기,
오늘. 성-
금요일의 여행, 너와 함께, 바늘
아래에서 난쟁이가 된
절망. 라론••.

• 라틴어 '살베'와 반대 의미로 작별을 뜻하는 단어.
•• 발레주에 속한 자치구의 명칭이며, 15세기 지역 귀족인 라론 가문이 스위스연합 주정부 일부가 가담한 반란 세력에 의해 패퇴하는 사건이 있었다.

흩어져 있는 시

1960년 6월 9일, 야코프 카스파르 데무스를 위하여•

귀여운 야코프, 귀여운 카스파르!
온전한 통들은 만질 수 없어,
달리는- 콘트라베이스는 드물게 달리지,
하지만 장크트푈텐••은 장크트푈텐이지.
아빠에게 물어봐, 엄마에게 물어봐,
둘 다 버터에 대해서 안단다.
그래서 나도 알았지 그리고 에리히에 대해서,
그래서 나는 지금 정중하게 시를 짓고 있어.
오늘은 그래 네 생일이잖아,
그래서 내가 "이래도 저래도 좋아"라고 말한다 생각하진 마!
도리어 내가 말하고 싶은 것: 좋은 일 많아라
모자 밑에도, 모자 위에도!

파울 아저씨가

• 첼란이 빈 시절부터 알고 지낸 나니 데무스와 클라우스 데무스의 아들인 야코프 카스파르의 첫 생일을 축하하기 위해 쓴 시다.

•• 오스트리아 북동부에 있는 도시. 성 히폴리투스의 독일식 이름이다.

누구도, 잊지 마라, 누구도

저를 상처 나게 후비지 않는다, 심장의 길들 위에,
네 부드러운 내면 속에.
어느 말이 네 입에서 나왔을 때까지,
미루고 침묵한다:
말과 함께, 잊지 마라, 너는 살아간다,
말로부터 너에게서 힘이 자라난다
나를 엿듣기 위하여, 내가 너에게 이렇게 말할 때:
오렴, 나는 너를 원한다,
나는 너를 사랑하기를 원하지 않는다—

문처럼, 문처럼
너는 너를 연다, 언제나, 벽들의
정중앙에서.

벽들: 돌처럼 굳은
눈꺼풀. 인간-
장소.

얼마나
오래, 말하렴,
우리 둘이 눈雪 속에 누워 있었나?
얼마나
오래?

왜냐하면, 그렇지 않니: 우리는 하얗게
머물기에.

내가 말했던 말과 함께 너는,
침묵과 함께 너는,
너 스스로와 함께 너는
세계 속으로 승-
                    선-
                         한-
                              사람,
너는 내 사랑:

잃어버린 사람, 길을 잘못-
든 사람, 다시
그리고 다시
고향병이 든 사람: 그것은

늦었다.

나를 도와달라,
너를 도와달라,

도와달라.

시간의 길을 갔지, 나는 말했네.
시간의 길을 갔지, 나는 침묵했네.
그것은 갔고 너도 갔지,
끝없음 속으로 너도 갔지,
앞을 향하여 그리고 뒤를 향하여,
어느 곳도 향하지 않고, 말을 향하여, 그곳을 향하여.

그만두자.
어떤 이름이 네게로 열린다,
두번째 이름:
머물러라.

너는 뒤섞임에서 벗어나야 한다, 벗어나야 한다.
가장 바깥의 것으로
행해야 한다, 가장
깊숙한 내면으로. 결정-
해야 한다, 너는
사랑으로부터.

멀리, 네가 있지 않은 곳, 그곳에
너는 있다, 아직도, 가라,
심장의 길을.

가라, 가라. 행하라
네게 가장 허무한 것을,
치명적인 것을, 지속되는 것을.

영혼의 뿔에 꿰찔려,
시간은,
열려 있네, 입들도—: 그럴지 모른다,

우주로부터, 잃어버린 것이
올지도 모른다, 작은-
영원, 조개로
움직임을 멈춘,
눈眼으로, 양쪽의
성년이 된 고통으로.

예술은 값을 치른다, 인간은
값을 치르지 않는다.
그대들은 예술의 자유를 위해서 존재한다,
인간에 대해
그대들은
이러한
표시 아래에서야 말한다.
하지만
같은
신이 우리 모두의 안에 있다, 추하고-
아름다운 이,
진실인 이.

우리는 살
것이다: 너,
내 아들아, 그리고 너,
사랑하는 이여, 너
그의 어머니, 그리고 그대들과 함께
나는—이러한
그대들의
환대하는 나라에서:
프랑스에서. 이 나라의
사람들과 함께, 모든
사람들과 함께.

콩이 기어오른다,
하얀 그리고
연붉은빛 콩이— 하지만
또한 생각하라
빈에 있는 노동자의 깃발을—
무아스빌•의

우리집 앞에.

• 프랑스 북부 노르망디에 있는 마을.

메르빌프랑스빌•

그렇게 많은
날아가는 속눈썹, 또한 날아갔네, 조개를
타고, 선명하게 말했던 발걸음
아래에 있는 먼 곳을. 그

속으로 들어가서-
노래했던 회상 속
그럼에도 공기의 상어는 서 있다. 상어에게는
화살이 유효했다. 그
영원함-영원하지 않음은 팽팽히 당겼다
심장-
힘줄 같은 활을.

• 노르망디의 이 마을에는 1944년 연합군이 상륙하면서 탈환한 독일 군대의 방어시설이 있었다.

거기로- 그리고 거기를 벗어나서-
썼네
한 손에—어떤 하늘을: 그
황금 같은 음절의 별—그것은 너에게
실낱을 지어줄 것이다, 애스터•여,
무거운 10월에. 다섯-
손가락같이
생각은 방문한다—우주선들이 저 위에서
알려준다:
미소 하나—빛 드는 안뜰, 그 안에:
두루미••가, 다섯 번이나,
두루미가!

• 국화과에 속한 한해살이풀. Aster는 '별'을 뜻하는 라틴어 어근 astr-에서 기원했다.
•• 별자리인 두루미자리로도 옮길 수 있다.

지금이 그 순간이다, 그곳에
늑대인간은
낙오해 있네.
어떤
앞잡이도 살지
않네.

사람은, 진실하고 홀로인,
곧바르게 간다 사람들
한가운데로.

시학 62

커다란 비밀—석송 옆에, 그곳에 서 있었다,
풀밭 위에.
나는 비밀을 꺾을 수도 있었다, 가볍게, 두 발가락으로.

하지만 나는 할일이 있었다, 나는
히페리온에게 언어를 가르쳐주었네,
우리 찬가를 쓰는 시인들에게 중요했던 그 언어를.

히페리온은 기꺼이 착실하게 배웠다. 창녀라는
단어가 나왔을 때
갈색의
월계수가 박자지팡이와 발목 주위에 빠르게 자라났다: 그는 따라했지,
운을 맞추는 데 필요한 것을,
핀다로스• 그리고 몇몇
헝가리인, 핀란드인 그리고 프로이센인이 했던 것처럼.

• 고대 그리스의 서정 시인.

그의 시구 속에는
시간이 서 있었다, 슈바벤•적인 시각들의 빛 속에,
콧수염처럼, 젊고 통틀어 묵묵하게.

숙고하며,
나는 내가 말하는 것을 듣는다,
숙고하며 — : 내
다른, 어제
슈바르츠발트에서 두 동강이 난 이웃에게, 그 남자에게
갈까마귀와 함께 (그리고 꿰맨 중간휴지와!)
이런 귀중한 말言이 더구나 부족했다.
(그렇지 않다면 또한
두번째 동강도 죽었으리
그리고 펼쳐놓을-
　　　　　　　　　수-

• 독일 남서부의 역사적인 지명.

있으리.)

헌금단지에서 물보다

더 많이 나왔을 때, 고름이
많음 뒤에 왔을 때.
그리고 고름보다 더 많이. 또한
바다가
왔을 때, 그곳에서

숨결은 저를 표정으로 엮었네, 그것은
날카로웠네, 마치 새로-
태어난 용골처럼, 위로 올라서서, 다른 바다로
항해 준비가 끝나서—그것은
파편과 신호와 함께
그리고 신호파편과 함께.

말하지 마라, 이 얼굴에
눈 한쌍 위
눈꺼풀이 있은 적이
없다고.

비행눈꺼풀은 있었지, 속눈썹을 달고, 눈길들은 그들만의 천막을 가졌네

전환

마신다는 말, 유리잔들이 노래했지, 입들이,
낮은
병목의 음으로,
탁자 위에 서 있네, 밝게,
초秒의 옷을 입고, 정말로,

나를 다 마셔버리라는 말
늑대인간들을 회초리로 때린다
그들의 가죽에서, 되돌아와
낮 아닌 낮에 그리고 밤 아닌 밤에—

어느
언어는, 너 중심에서,
이미 쓰고 있다
언어의 빛줄기-문법에게, 우글거리는
일과 이분의 일 강함의 연설-유령은
눈雪 밑에 있어야만 한다, 그곳에서 얼어죽으리,

그 말

마신다

네게도 타오른다

반환이 청구된, 가면서-살아 있는, 완전한

영혼처럼 열매를 맺을 수 있는,

흔들리지 않는

정신

속에서.

『숨전환』 시기

시집으로 묶이지 않은 시

노이엔부르크 위쪽에서

로티 뒤렌마트와 프리드리히 뒤렌마트를 위하여•

무엇으로부터
보이지 않으나
존재하는 손이
정의로움의 모래얼굴을 조각하나?
포도주병의 코르크로부터.

기름피처럼, 가장
하얀 깃발 아래에서
싸우는 침묵처럼,
가장 붉은 포도주는 온다.

오래
시험하는 입술은 세월을 세리라.
오래, 입술을 어루만진 것은,
또한 말로도 세리라.

• 스위스 배우인 로티 뒤렌마트와 남편이자 극작가인 프리드리히 뒤렌마트에게 바치는 시. 당시 뇌샤텔(독일어로 노이엔부르크) 위쪽 쇼몽에 살았던 첼란은 뒤렌마트 부부를 몇 차례 방문했다.

페리고르•

마요트 볼락과 장 볼락••을 위하여

너는 어디로, 노간주나무 꿀주머니로
너에게 빌려주었던 정오의 짐승을
몰아가는가?
푸른-, 무한의 물통으로
아름다운 도르도뉴•••로.
멀리서 온 자, 너는 종결한다
다양한 순환을, 또한 여기에서,
또한 저런 방법으로, 타버린
형상 속에서.

비밀 없이,
무성한 담배밭을 지나,
너는 그런 다음 솟아오른다
너에게로 되돌아가서,

• 프랑스 남서부의 역사적인 지역.
•• 마요트 볼락은 프랑스 철학 교수, 남편 장 볼락은 문학비평가이며 첼란 연구자였다.
••• 지금의 페리고르 지역에 해당하는 주.

기울어짐 속으로, 위로.

초秒들은
벽을 주위로 던진다.

생각 하나, 아프게,
저를 이쪽으로 던진다.

탑과 천년이
네 옆에 서 있다
자신을 위하여.

밤. 그리고 마름모금언, 읽을 수 있게,
너도밤나무언덕 너머로 타오르네.
텅 빈,
아래 우물 옆에 묻힌
빛나는 치아를 향해
밤은 더듬으며 나아간다, 네 마른,

아직도 별-

중독인 영혼을: 한 방울

무화과 하얀 즙이 떨어졌다

그곳으로.

구십- 그리고 한 살을-
넘은 눈들의,
반쯤은
예견적인, 반쯤은
속였던:
종달새는, 그것들을 위로 쫓는다
푸른 고랑 속으로 그 위로.

끝없는 먼지기둥, 또한
그것은,
하얗게 되는 것은, 젊어지라
한다.

흩어져 있는 시

네가 꿈을 풀어놓거든, 배 가까이에,
달조각 아래, 인생의
긴 쪽으로, 이러한
고철이 된 시간 속에. 무無,

기움돛대에 걸려, 그토록
너는 곤궁에 처해 있었다.

어떤 음성이, 네가 가진 것을 가지는가?
코펜하겐 시청 뒤
초록의 음성.
모든 가위로
음성은 일곱 악마를
칠십 가지 굉장한
생각으로 자르네.

네가 날아서 온다면, 영혼 없이,
너는 나에게 신실하게 머무르리라.
내 마지막
썩지 않는 이齒는
덴마크어로 너에게 감사한다. 또한 이는
배고픔의 해협 아래쪽으로 헤엄쳐 갔다,
또한 이는
희미하게 빛난다 열두 번
참새들이 날아간 저편처럼.

해가- 또는 악기가 바뀌는 시간

그곳 바이올린이 대부분인 곳, 그곳에서는 그야말로 박새도 바이올린을 연주한다.

가장 바이올린적으로, **바이올린 연주자는**, 바이올린을 연주한다—카운트다운, 우리는 산다!

어머니, 어머니.

공기에 빼앗긴 이,
땅에 빼앗긴 이,

아래로-,
위로-
잡아당겨진 이.

칼 앞에서
그들은 너를 쓴다,
문화의 부평초처럼, 왼쪽의 니벨룽겐처럼,
사인-
펜으로, 티크나무 탁자 위, 반反-
복고적인, 기록에-
따른, 정확-
하게, 새롭게 그리고 공평하게
나눠주고 있는 비非

인간적인 이름들,
대가처럼, 독일어로,
사내답고사내다운, 나락이-
아닌, 아니 풀밭의-
바닥같이,
그들은 쓴다,
또-한번, 너를
칼
앞
에서.

무언가 행하기,
무언가
행하기
높은 곳에서, 깊은
곳에서.
무언가, 땅 위에서.

『실낱태양들』
시기

시집으로 묶이지 않은 시

포위되었다

광기의 걸음들: 말하렴,
이것이 광기의 걸음들이라고,
암살의-
입들, 그리고 -글들 그리고 -표시들,
말하렴, 그런 것들은 네가
꾸며낸 것이라고.

비에 대해서 말하지 말렴:
그는 비 온다.
말하렴: 비
온다.

말하렴
말하지 말렴
말하렴
말하지 말렴
말하렴
말하지 말렴

「어두워졌다」 시기에 쓰인 시

네 얼굴 주위에는 깊이가,
깊이는 푸르고 회색이네,
노래하는 것, 성숙한 것—
너는 하얗다-그리고-부정확하다.

계단 없는 나락은,
저절로 열린다—
떨어짐-그리고-떨어짐이 온다,
그리고 마지막에야 달려감이.

독수리의 주둥이들은
네게서 자유롭게 풀려난다,—
소음 그대들이여, 캅카스의,
커다란 동일함 속에.

액체 금, 땅의-
상처 속에서 알아볼 수 있다,
그리고 너, 얼마나 많은 입이 바깥과 안에서
감각의- 그리고 위기의 금언의
경고를 위해 탈구되었는가.

봉인된, 잘 익은
꿀-
풀의 깍지들 옆에서—순종하지 않는 이, 또한
여기에서 그는 끝까지 엿듣는다.

생각의 숨가쁨,
또한 빙하의 들판 위에,
증거도 없이.

커다란 돌표지 너머로
내일인 것이 집 쪽으로 쓰러진다.

"그대들 깊이 내려앉은 곳이여
그대들의 황토로 만들어진 함지들과 함께
길 위에 있구나."

거칠게 부러지기 쉬운 것이 긁어낸다
이름과 목소리를 주위에서,
잃어버릴 수 없는 곤궁의 손은
별 같은 것을 태워버린다.

무엇을 통해서도 흐려지지 않는 눈길.

너보다 죽음 하나를 더 많이 가지고
나는 죽었다네,
그래, 하나를 더 많이.

모난, 비뚜름한-
얼굴의 혈족,
밝은 목재로 염탐한다.
그곳으로부터 기어서 혈족은 오네,
왕의 먼지를 통과해.

우리는 여기에 살지 않는다.

잃어버릴 수 없는 것에 의해
지금 밀려 넘어졌다,
위대하게 그리고 과묵하지 않은 채: 너.

너를 여러 번 들으렴, 너를 들여다보렴,
너를 달래렴.

구멍이 뚫렸다

넘치는 고통에,

영혼처럼 쓰라려라,

말言에 예속된 자 한가운데

가파르게 세워졌네, 자유롭게.

흔듦, 다시

한번

우리에게

소식을 전하는 흔듦.

수치 앞에, 절망 앞에,
나 스스로에게 하는-
구역질 앞에 너는 순응하는구나,

언어로부터 멀어져서,
지상의 것이 아닌 것이 온다, 제 안에
도로 넘어진다,

흙같이 여기저기-
흩어져 있는 것들 옆에,
느릅나무의 뿌리 옆에
새로운 협소한 방은 그것을 끄집어낸다,
꿈꾸는 일도 없이,

언젠가, 언제나

원 속에, 텅 비어서
지껄이던 것을 들었다,
비열한 소리과 함께
몇 번의 휴식 속에서—

그들은 너를 뒤에서 비웃었지, 그리고 너는
목에서 전조를 나타낸 것과 함께,
투박한 입이 가진,
운명의 길을 헤엄친다.

꽃의 비명은
존재를 향해 손을 뻗친다.

흉터의 진실, 가장 바깥으로
고리로 연결돼, 풀릴 수
없음,

오래전에 쇼춤은 다 추었다,
가까스로 동전을 주조한 이,
여기, 모든 것이 한번 더, 일어났던
진입로에서,

드디어,
격하게,
오래전에.

밧줄은, 두 머리 사이에
팽팽하게 당겨진 밧줄은, 위쪽 높이,
손을 뻗는다, 또한 네 손들과 함께,
영원한 바깥을 향하여,

밧줄은
지금 노래해야 한다—밧줄이 노래한다.

음 하나가
네가 토해낸,
인장을 찢는다.

회전하는

시각의 덩어리로 너는 충돌한다,
얼음불빛 곁에:

보아라, 보아라! — 꿰뚫어라, —

너는 안다,
비명을 지른다는 것을, 또한
네가 있는 곳에도,

그것보다 더
아는 것은 네게 허락되지 않았다,
게임은 계속된다,

첫 가장 좋은
문자의 열림을 통해서
뒤척거리며

아랑곳없이 알려준다
이득과 손실을.

혹은 온다

터키의 라일락은 갔다

그리고 물어서 알아낸다

향기보다 더 많은 것을.

생각의 궁지에서 나온 노래
느낌으로부터,

그것은
깨어나서 불렀던
이름들에서 그렇게 많이 가지지는 않는다,

가시 돋친,
그렇게, 명백하게,
단단한 활엽수 수풀로부터,
앞으로 도드라져 그들과 함께 서 있다, 너에게
맞서서,

가시 돋친,

작은 죽음이 간다
여기로, 저기로

시간의 틈, 세 조각
새털구름 아래에,
시빌레•처럼 잿빛으로, 은빛으로,

하늘에서 떨어져나온 것, 둥글게
헤엄치는 자의 부표 주위로,
처음인 자,

시간의 틈, 다시,
같은 장소에, 그곳,
장소 없음이,
처음인 것이,
너를 재우기 위해 오는 곳
시끄러운 해진
깃발-지나감,

그다음인 자 그리고 세번째인 자:
폭도-무가치함으로
그리고 덜컥거리는
바보의 방울로,

• 그리스신화에 등장하는 무녀.

현자의 방울로

장식한다.

해초-장식에 묶여.

부르는 소리들, 모두, 자유롭게 마셔버렸네,
전사 같은 비탄의 소리, —자유롭게 엿들었네.

　　여기는 익사한 자의 사슬이 다스리네.

가장 빈약한 어깨에 짐 지워졌네
나머지 어스름한 빛의 화물이.

너 여기에 그리고 너, 그대들은 머물러야 한다:

그대들에게는
아직 다른 것들이 준비되어 있다,
그리고 또한 비탄은
비탄 속으로
제 안으로 되돌아가려 한다.

텅 빈 중심, 우리가 노래하도록 도왔던,
중심이 위를 향해 서 있을 때, 밝게,

중심이 빵들을 통과시킬 때, 발효된 것이든 아니든,

붉음으로 어두워졌다, 다른 것에 의해,
질문에 의해, 너를 따라다니며,

오래전부터.

불에 달구는 쇠 옆 여기에
스쳐지나가며 통역된 저편:

그리 쉽게, 칭송의 노래들에,
우리 같은 사람은 싫증나지 않으리.

여섯 불꽃에서부터 이곳으로
조정된 딱딱함들이
온다. 그리고 어떤

병렬도 없이.

모든 것을 끄지 마라—다른 이들은 그렇게 했듯이
네 앞에서, 내 앞에서,

집은, 꽃봉오리비가 온 뒤,
포옹
뒤,
우리 위에서 늘어난다,
돌이
단단하게 뿌리내리는 동안,

촛대 하나, 커다랗고 혼자,
그쪽으로 자맥질한다,
알아본다,
반암斑巖으로만 만들어진, 접시가,
갈라질 때, 어떻게
숨겨진 것들이
우글거리는지, 피할 수 없이,

들어서 안다,
어디에 지금 열린 눈들이 서 있는지,
아침에, 정오에, 저녁에, 밤에.

황야, 우리 주위에 있는 나날에 엮여들어갔다.

외톨이처럼, 다시
그리고 다시, 살랑거린다,
고지告知의 탑들 너머를 지나서,
커다란 하얀 새 한 마리의
오른쪽 날개를
더해서.

너를 쓰지 마라

세계들 사이에서,

의미의 다양함에
맞서서 일어나렴,

눈물자국을 신뢰하렴
그리고 사는 것을 배우렴.

정신은, 흘러,

모였다, 물처럼,

세계의 가장자리에 있는 잔들 속으로.

저쪽으로, 극지방-

모자 근처에 지시된

연기를 피우며 소리를 울리는 돌표지.

보이네, 같은

이름들의 땅이, 아직도,

그리고 땅에

쓰러지는 이들이, 왕방울-

눈을 가진 큰별-

덩어리가.

신성한 쏟아져나옴, 밤에,
깊은 곳으로부터 갈라진,
진흙 같은 손들에 주어진—

분리된 빛 아래:
영원히 올라탄 이는,
희미하게 빛이 나는
신,

너 자신의 한 부분이 그를
섬기기 위해 온다
막간에.

파멸들?—아니, 그것보다
더 적게, 그것보다 더
많이,

이것은 지각이다
재재거리는 산-
비둘기와 함께 그 가장자리 곁에 있는,

봄과 들음, 서로 뒤섞여 자라서,
연단을 기어올라간다
그 위 도처에 줄무늬로
잘린 백작령이 있네,

한 언어가
스스로 태어난다,
모든 자동기계가 토해놓은
시와 함께 혹은 시의
알아차릴 수 있는-알아차릴 수 없는
부분들과 함께.

이리저리 흔들리는 가득
펼쳐진 갯보리의 인사와 함께,
나는 그곳에 있지 않을 것이다,
네가 기쁨의 공중제비를 돌 때, 하늘 아래서,
하늘 같은 바퀴,
내가 상상할 수 없는 먼 곳으로부터
바퀴통을 잡았던 바퀴,
외로운 사람 하나, 쓰면서.

보리수잎 같은 실신, 그
위로 쓰러진
덜컹거리는
시편.

흩어져 있는 시

살아라-작은 올빼미, 네 비명,
나는 세지 않지, 몇 번인지.
너도 감옥에서 탈출해야 한다.

모든
생각의 비행기소음에:
거짓 없는 경보가
온다
그리고 너를 경고한다, 모든
검으로 계속 노 저어가는 너를,
자유롭게 그리고 곧게 그리고 강하게.

노크로 하는 신호, 머리의 조명,

벽들은 결정한다

이웃마을로 말을 타고 가는 것을:

파리로.

전조-사격 아래, 언제나.

나를 통과한 눈길,

그곳에 내가 있다, 한번 더,

오라

더 가까이, 단 한 번도

나는 나 자신이 아닌

다른 사람이었던 적이 없었다.

그것은
나날이었다
광휘를
잊는다
우리
서로서로
사이에서

그것은 광휘였다
나날이
서로서로 잊는다
우리 사이에서

그것은
서로서로 잊는 나날이었다
우리사이 광휘를.

언젠가, 이것이 삶이었나?, 다시,
이것은 빛이었나?,
나에게 이르려나, 방주-
선장의 몸짓으로,
가시 돋친 국경 주민의 손 너머
그리고 나에게 청했네, 그 손을 바꾸기를.

아마도 나는, 그렇게 했네

등뒤의 바람에,

나는 나를 죽인다

거대한 무역풍에 빠져서—

그리고 비로소 제대로 산다.

울림돌의 내장은,

지루하게 춤추었다 비참의 별이 내는

빛 속에서.

심장을 찢는, 증식하는

트라우마;

중간역은

온갖

알루미늄소모와 함께

잘도 기능하네,

마치 내가 죽으러 이곳으로 오지 않았던 것처럼,

바닥으로부터 깨물어진

돌카네이션은 내 안 깊숙이,

대동맥과 나란히.

너는 드디어 이곳에 있네, 다시,
이곳에:

부지기수의 모서리가 있는,
그동안,

심장깊이는
기워졌다
열+로부터 자유로운
검에 의해, 심장깊이의 기도는,
전투였지,
그리고 은빛으로, 내버려두었다,

이제, 언젠가 한번, 어딘가에서
그래 그대들은 모든 것 그 이상이었다,
그 이상이었고
하나였다.

지저귐-찬가
초천체의 장소에서

나 둘 그리고 둘
결코아님아님아님 속.

퓌르Vür에서 핀프finf를 만들고
핀프에서 뮈mü를 만들어라,

뮈에서 미mi를 만들어라.

너는 서 있다, 나는 안다, 나를
향해. (마인강 위
갈매기들, 마인강
위):
그렇게 나를 향해 놓아두어라,
나를 향해 놓아두어라,
나를 향해 놓아
두어라.

보이는-보이지 않는:

얼룩말 의상을 입고, 말을 탄
푸르고도 하얀 스키타이인
하나
붉은 독일식으로,
검은 이방인식으로,

그 화살
하나를.
제 앞으로 들이-
마시고 있다.

반항, 받쳐주렴
이러한 불의 잠을
네 무-
조건적임에 의해
휴식 없는-정확한
횃불로.

『빛의 압박』
시기

시집으로 묶이지 않은 시

……그리고 내 주위로 우박이 쏟아졌다.

나는 묻는다 자갈돌에게: 주위에는 바다가 없어, 없어.

어떻게 눈眼은 계속 떠밀려갈 수 있을까?

어디의 안으로? 어디를 향해서?

모든 부분의 **한 부분**으로 존재하는 것,
더 큰 흩어짐 속에서,

흩신성화되어, 흩머물면서,
흩날려갔다.

그라우만의 길,*
취리히에서 회상했다,
그라우만의 샛길.

침묵에서 떨어져나온 것들, 왜
나는 사나?

* 독일 함부르크의 호엔펠데 구역에 있는 거리.

꼭대기에 오른 정적:

최후의 심판의 날은

제 트롬본을

저주한다.

흩어져 있는 시 한 편

(그는 파리라는 도시에서
참새서약을 했네,
독이 묻은 낱알은 하나도 남겨두지 않고 주워올렸지,
여태껏 가시는 하나도 잃어버리지 않았지.

그는 파리라는 도시에서
모든 문 앞에서 지저귀었네.
열리지 않았던 것이, 지금 갑자기 열리지,
그에게 저편을 지저귀어주지.)

『눈의 부분』
시기

시집으로 묶이지 않은 시

뇌의 정적 뒤,

토기파편-
정원들 안에서,
기꺼운 미래는 정주한다,

인사로
붉은, 둥근 오두막을 환기한다,
가느다란 막대들은 제게 용기를 말한다,

창문에서는
친절하게 깃발이 오른다,

또한 너도 지나간다, 어깨
사이에 밝은 병을 메고,

때때로, 이 인치 높이로,
대화의 코르크는 너를 지나 퉁겨오른다,
깊이-
이해하며.

인동덩굴이 울부짖는다:

새로운 공동체 하나가
유대인들을 이교도로 만들었다,

레위족들은 행진한다
내 저주를 통과하여,
우뚝 솟게 한다
상처로 잘려나간
포플러나무를,

사람들은 말하지, 수를 세는 사람들은
나를 몰랐다고,
이런 차이
속—

누가 뒤지는가 자유로이
돌로 굳은 우울을?
어느 하얀
곤봉손가락이.

너는 지나온다
너 없이,

그것을 윙크한다
네 사촌이 된
형제는.

정말로:

작은 헤르메스주의자가 엎드려 있다,
큰 헤르메스주의자는 으르렁거리고 있다,

너 하나는
여기로
건너온다,

너 하나는
여기에서
나아간다.

너,

너 적의 찌름에 의해 미리 낙인찍힌 자,

네 안으로 나는 갔네,

네 안에서 나는 가기 시작했네,

너를 억누르는 무언가를,

또한 계산-미움을,

너에게서 나는

아들을 들어올린다,

그를 나에게 다시 주렴,

그럼 너도 너를 갖게 된다

작게 갈라진
현실은
제 광기를 밀어 옮긴다
네 주위로,
하나를, 또하나를,

아침에
이 모든 것은 제 안으로 되돌아간다,
말들은, 너울을 쓰지 않고,
온다,
첫번째 이들이.

명명되지 않고
물건들은 산산이 쪼개진다,
표장들이라고 불린다,
거짓무기들은 꺼리고,
독을 섞는 사람들은 붓는다
넘쳐흐르는 자아를 그들의 눈 속으로,

거짓말을 하는 이는, 아무도,
너에게 못 미친다,

웅덩이처럼 고인 바다는 여름에 얼어붙고,
네 체액에
아버지처럼 행세하며,
뢰브•는 서 있다,

외로움은 모이고,

땅이 된 하늘이
이긴다.

• 16세기 프라하에 살았던 랍비. 진흙으로 인간의 형상을 만들어 히브리어로 '진실'을 뜻하는 '에메트'를 이마에 써붙여두었으며, 안식일이 되면 첫 글자를 지우고 '죽음'을 의미하는 '메트'만 남겨두었다.

천사가 되어
역사는 서 있다
탈脫시종이 된 시종으로,

사람들이 입혔던 구속복의
얼룩을 해명하며,
나방처럼, 어느
바람솥저장고로,

가지는 끝까지 올라가고, 동맥은,
원숭이들이 물러서는 곳에서,
볼 수 있게 된다.

무기체적인,
새로운 심장,

사내에게는 충분하다,
너를 가볍게 하기에는, 맹세의 위쪽으로 향하기에는,
로트•의 무게가 있는, 소리가 있는,

잊지 않으며,
미래에 충실히 따르는-반하는,
작은 문인 것처럼.

• 중량 단위. 합금할 때 순은량을 의미하기도 한다.

우리는 한가롭게 가지 않는다:

우리 속으로 파고든다

노함 그리고 태연함,

성년이 되어

우리에게 깊이는 높아졌다,

또한 사람은, 짐승은 온다

하나 속으로,

기원이 되어,

먼지는 현혹시킨다

제 태양-

그림자들을, 달-

아님을, 붉은 황금빛으로.

작은 금언-독일의:
탈사물한 세계, 꺼려-
졌고, 성취되었다,

콘스탄체, 오늘은,
어떤 날일 것이다,

도라 디아만트•, 오늘은,
어떤 삶.

• 프란츠 카프카의 마지막 연인.

내 물거품은
네게 뇌로 올라가는구나, 볏돌기
아래까지,

솎아내는 자, 일곱 팔을 가진
촛대로 솎아냄에서 벗어난 자,

네 아버지의 아버지들의
불안과 자부심에서, 아들아,
너는 자란다.

감각은
저를 본다,

그 안에서 문들은 잠들어 열림이 된다,

봉인을 뗀,
그곳에, 조종간들이 움츠린 곳에,
광채가 바람처럼 불기 시작한다,

가지처럼 갈라졌던
모든 뜻의 상승을
너는 낚아챈다, 감각을 보는 이여,
너 자신을.

모래를 탈귀족시킨 자, 나는
너를 덤으로 준다, 나는
너를 서 있는
다리의 첫머리로 활용한다,

네 세월은 내 책이다,
주主는, 소란스럽게,
내 사지를 네 영혼 속에 휘파람으로 불어주었다,

주변의 흐름들, 재-
흐름들,

왕이 된 자여, 무릎을
올려라.

포르트보우• —독일의?

요술 모자를 화살로 치워버려라, 그
철모를.

왼쪽-
니벨룽겐, 오른쪽-
니벨룽겐:
라인Rhein화되었네, 깨끗해졌네,
쓰레기.

벤야민은
그대들에게 아니라고 했네, 영원히,
그는 그래라고 했네.

그러한 에베Ewe•• 또한
B급-바우하우스로서:

• 스페인 북부의 항구도시로 발터 벤야민이 미국으로 망명을 시도하다 이곳의 호텔에서 숨졌다.
•• '영원히 긴 시간' '오래된 법'을 의미하는 중고지 독일어.

아니.

너무-늦게가 아닌,

비밀스러운

열림.

대뇌변연계적인, 대뇌변연계적인.

자극을 위한 시도, 해마체적으로,
너는 그것의 힘줄 하나였다,
관상맥-
소음 속으로
들어가는,

교란의 대가들은
꼬리를 흔든다,

주主는, 피부 아래로,
신호등을 켠다.

어떤 무엇도 아닌 작은 시간

공범.

임의, 굴러가는 신 한 짝,
하지만 부풀어-
올라, 모든 물리학은
몰아붙인다.

내가 너를 가졌을지라도. 그럴지라도.

죽음의 예술들은
떨린다,
너는 재빨리 떠나고,
나는 이기네.

숫양이 되어.

너는 셀 필요가 없다,
너 손잡이여.

연골-
성곽들
생미셸 거리,
베어호프만•은
경건한 축제를
골라냈다.

언제나
빈wien적인 장소를 지나,

드로호비치••가 다스리는—
그곳만이 아니라.

• 오스트리아의 시인이자 소설가로, 빈에서 활동했다.

•• 우크라이나 서부에 위치한 도시로 2차세계대전 당시 나치의 유대인 수용소가 있었던 곳.

자극이 일어나는 장소. 감전,
충격, 그로테스크한,
이 모든 것.

전도성이 있는 모든 것에
슬며시 끼어들어온 아멘,

하지만 누가 듣는가
제 것인 귀를?

랑비에결절은 숙고한다
열린 정방형에 대해:

그것이
수축성의
단자單子를
인간화하기에.

그리고 가지지 않은 자도,
제 달라 사암•을 가진다,

그리고 가진다
지금이 제때라는 듯,

아나텍시스••를 가진다, 어느 순간,
기름불꽃들, 네
언제나가 된 자부심.

• 스웨덴 중부 달라르나 지역의 적색 사암.
•• 넓은 공간에 지각물질이 녹아서 마그마를 형성하는 작용.

가장 오래된 붉음•: 치조류구역.

노래한 것은:

네 어디에서는 어디로?

증가한

침식: 의복은, 이것이다:

옷들은, 축축하게,

집 아닌 것을 잡는다, 화해시킨다.

화산토는 휴가중,

앞서 알아보았다,

질척함에 대항하는 것처럼

신석기시대에:

단층들은

달린다,

• Oldest Red, 고생대 중기인 데본기에 형성된 '구적색사암'(old red sandstone)에서 나온 구절.

예후다 할레비[•]는
프랑크족 기사를 노래한다
먼지로 만들며.

• 11세기 스페인 태생의 유대 시인이자 종교철학자.

안구상편마암, 열에
변형된,

순종하며
등온선이 제어하기-
어렵게 쌓인다,

등어선은 무너진다
한 종류의, 돌 종류의
자유로.

나를 흩뿌리지 마라 나 자신 위로,

내 안에서

너는 네 내면을 가진다,

그것은 너에게 세계를 열어준다,

네가 크게 내놓는,

지도의 으뜸패를,

너를

위하여.

괄호를 열고, 괄호를 닫고

(한번은 면도날, 한번은 칼날, 한번은 아무것도 없이.

아무것도 잃어버리지 않았다, 아무것도 선택되지 않았다,
한 사람이 하나를 말한다.)

어떤 이를 그의 승리가
어신트-구역•에 있는
물 먹이는 곳으로 내모는 것처럼, 오늘
방사상-래트••에,
외투는 인간적으로,
물에 실려왔네
색을 초월한 믿음으로부터
—눈은
듣지 않았다, 귀가
보았다—,
그의 흰빛이
그의 푸른 진흙층에 있고,
해프닝 속으로
입술의 공룡을 하프로 연주하면,
뇌의 비탈에서
토사의 기어감은
떨어져 가라앉는다.

• 신원생대의 산맥 형성과정을 확인할 수 있는 스코틀랜드 북부 지역.
•• 트라이아스계의 상층 적토의 명칭.

단백질의 몸, 나는 듣는다,
그대들은 내가 흠모하며 살아가는
현자다.

건배, 작은 덩어리여,
그대들, 이렇게
나타나는구나.

세포연구자로
나는 그대들에게 편마암을
종속영양생물 속으로
보낸다.

땅이 물보다 많았던 지질시대로 하는
스카트. 타로크•. 혹은, 더 낫게는,
고귀한 시.

적포도주-사촌이여, 네가
너를 지금 탁자 위에서 타작한다면,
나는 빙하에 밀려온 암석이 말하는 것을
들으리: 표석은,
확고히 반동적인,
으뜸패다.

• 스카트와 타로크 둘 다 세 사람이 하는 카드놀이.

겉씨식물이여, 여기에 네
탈리트•가:
너를 말하라
자유롭게 안전함 속으로.

그리고 너를 나에게 고백하라
마치 매력적인
푸름이 매력적인
하얀색에게 하듯이.

• 유대인들이 기도할 때 덮어 쓰는 종교적인 옷.

시를 닫고, 시를 열고:

여기에서 색깔들은 달린다
보호에 낯선,
자유로운 이마를 가진
유대인에게로.
여기에서 자유롭게 떠다닌다
가장 무거운 자는.
여기에 내가 있다.

외인성인 자여, 너는
인형을 굽지 않았다,

두건 아래
아는 척하는 자의 돌기가 있는
부엉이-
머리를 가진 이들은
거기서 그렇게 그리고 그리하여, 라고 말했던 것을
아무것도 열어젖히지 않았다,

너는
내인성인 자, 다른
우연적이지-
않은 이들처럼,
철사와
구부러진 것과 표석의 위-
쪽에 이름으로 자란 이들처럼.

지금 네 무게가 자란다
모든 가벼움을 위하여,

지금 너는 정체를 밝힌다
이름 없는
바로 그것을,

지금 너는 보낸다
덤불이 촘촘히 자란 꾀의 나무
너머로 옮겨둔,
박차 아래 자구字句를—
꼬치꼬치 캐고 있는 증기망치를,

지금
너는 쓴다.

얼마나 많은가,
이것을 알지 못하는 사람들이 이 도시에는,
이 나라들에는 그리고 도시들에는?

그들에게 앎이란,
표정연기 테러에
대항하는 싸움을
함께 지고 가는 것.

네 종족, 하나는,
아직도 뒷발로 서 있다.

나는 그대들에 대해 이만큼 듣네,
듣는 것 말고는 더이상 아무것도
듣지 않을 만큼,

나는 그대들에 대해 이만큼 보네,
보는 것 말고는 더이상 아무것도
보지 않을 만큼,

이만큼 나에게 부딪히네
잡담으로,
내가 때때로 말할 만큼
말하는, 그 누구처럼,
내가 때때로
침묵하는,
그 누구처럼 말할 만큼.

나는 산다, 강하게.

너는

끝이 없다.

그리고 누구도,

자신이 아니었던 것을, 너에게서 얻지 못한다.

평화로운 말들은 알려주네:

네가 떨어졌다고

위로 승리

속으로.

그곳에 너는 서 있다, 돌 하나, 너를

가진 돌, 마치 저 자신을 가진 것처럼.

그래 나는 안다,

네게 공범자들이 있다는 것을,

나는 또한 안다:

네가 그들을 너무나 잘 알고

고른다는 것을.

한결같이 영원한 네 젊음과 함께

너는 시작한다, 한결같은 오늘로.

너, 의복

낮의. 세계의 옷.

그리고—비아프라•!—

서 있는 간판.

그리고 땀의 헬리콥터.

그러나 선을 넘어

우상으로 섬기는 이,

그를 양심의 거친 손이 가두어둔다

제

일어났던, 주먹 속에,

그렇게 커다랗게

마치 내면의 장소처럼,

그렇게 커다랗게

마치 외면의 장소처럼,

그렇게 커다랗게

마치 붉은부리갈매기의 사수들처럼.

• 나이지리아 남동부 지역으로, 1967년부터 1970년까지 내전으로 수많은 사람이 죽는 비극이 일어났다.

넘쳐흐름, 흘러듦:
그들은 그것을
오류라 부른다
그리고 진영의 비계를 저장한다.

지금 시작된다.
지금 금박을 입힌 것들에게 몇몇 무無가 열린다,
너로부터 멀지 않은 곳의 프랑크푸르트처럼
지평선에 있는
역逆-
사막.

내가 이것 말고 아무것도 가지지 않았더라면,
이것이 나 말고 아무것도 가지지 않았더라면:
나는 건너가면서 붙잡았을 텐데,
무언가를, 영원한 이여, 너를
괄호에서 빼며.

게르숌•, 너는 말하는구나

마치 모두가 말하듯:

그것에 대해

나는, 말하고 있는 이여, 너에게

감사를 표하네.

마음이 단호한 이는,

기부자는,

내 안에서 용기를 낸다, 아직도,

너를 붙잡는,

역사는,

나를 통하여 후작의 작위를 받는다, 같은 이들 가운데,

거기에

너를 포함시킨다, 우리 중

누구보다도

중요한 자.

• 유대교 철학자 게르숌 숄렘. 팔레스타인 이주 후 본명인 '게르하르트' 대신 성서 속 모세의 첫아들 이름이자 '나그네' '이방인'을 뜻하는 '게르숌'을 썼다.

그들은 너를 모두 읽었다, 지금 그들은 읽은 것에
잉크를 묻힌다,
지금 착취한다 그들의
비밀재판-사면을, 네온악취로,
그리고 살포한다:
그것을 그들은 세계라고 부른다,

그것에 의해
해프닝-하프들 속에서 교수형을 치른다,
진열창을 밀담하고,
우연들을 잣는다—

이 무슨 운韻인가, 이리저리 쏘다니며,

지금 운이 없는 이는 높이
올라가 설 수 있다
자기 안에.

모두 그리고 아무것도 아님을
아무것도 아님 그리고 모두를 채운다,

바깥에, 정중앙에,

주인은 자신의 공허를 떠난다,

알아보아라.

나는 너의 계략을 알아차렸는가?
너는 이야기를 꾸민다.

자유는
필수적이다,

복종할 기미가 없는
전령,

가짜 수소는 구애하네,
반란을 일으킨-찬가의 이들은
무리를 짓네,

제한을 푸네,
경계를 짓네 뜻을 둔 이는.

잠 속에, 빛줄기 속에,
두루 비추는 빛을
그들은 보낸다:
빛 아님. 네 눈은 네 눈을 본다: 더 많이.
광명을.

그리고 이스라엘, 나라,
너를 나는 떠받친다
사람들의
네 것인 사람들의 삶에서,
위로
그들, 불완전한 이들은, 보증한다,
다시 일어난 봉기를,
살며 생각하는,
물질을 위하여,
생각하며 사는,
정신을 위하여 채워진.

그대, 미하엘라,
그리고 네가 더듬더듬-
말하는 것처럼, 그곳에:

그대, 아우라,
그리고 너처럼 입술로만,
유대인이 된 이여, 응답-
했던, 유대인 여자여,

너 알고도-모르는 자,
성찰의
영점에서

너무나도 정확한 것을
혹독한 행성은 말했다.

그리고 폭력이

지배에서 벗어나는 것처럼, 행하기

위하여:

반대형상을 찾아본다

여기 속에서, 위하여 속에서 대답을 잃었다,

므이쉬킨•은

바알-셈••에게 키스했다

그의 외투-

기도의 술장식을,

망원경은

받아들인다

확대경을.

• 도스토옙스키의 소설『백치』에 등장하는 인물.

•• '이름의 주인'이라는 뜻의 히브리어로 중세부터 근대 초기까지 유대교에서 예언과 치유의 권능을 지닌 사람들을 일컬은 호칭.

초超대가여,
너 가장 아래에서
위를 향하여:

너는 본다
볼 수 없는 것을,

네 법칙은
시인한다, 더 높이
올라가서 듣는다고
눈먼 자의 입과 눈먼 자의 귀보다,

그리고, 잘 자라,
나는 깨어난다
잠의 빛깔에 대항해서 그렇게.

도둑맞은 편지: 오로지 지워지지 않는
장소, 음이 강한,
유대인의 뼈 옆. 크론란트•, 죽지 않는다.

나는 너에게 마음속 깊이 있었지,
그곳에 나는 머무른다,

또한 가능하리,
가능하기에,

하지만, 어디서나 시종이 되었기에,
나는 왕을 하련다,
오렴.

네가 푸른빛과 하얀빛을 엮는, 해협을 지나,
부활절이다, 고향을 빼앗기고 고향에서.

네가 번식하는 것보다 더 많이,
긁어모은다.

• 오스트리아헝가리제국이 16세기부터 차례로 정복한 중동부 유럽의 황실 직할지. 첼란의 고향 부코비나는 1918년까지 오스트리아헝가리제국의 독립적인 크론란트에 속했다.

일어나라, 나와 함께.

늘임의 경계: 여기서 차장은
노란 별을 보려고 한다. 높은-오늘, 비누 같다.
하지만 온다, 기억보다
더 결정체가 되어,
술 마시는 의사. 그를 아래로 들이마셔라.
또한 낙엽송은 시작한다. 방죽
에서.

물의 잉크로
인사로 보이는 것들은 궁색히 지낸다,

프랑스어, 그것을 나는 그렇게 잘했지,
결국은 저 스스로 좋아졌지.

하지만 그것은 절반의 작음이 아니라면
무엇이었는가? 그렇게 멀리
떠나가지는 않아서,
가까이 왔을 만큼.

흩어져 있는 시

츠르치•

이 갈리는 분노,
나는 이를 간다.
불을 낸다,
문지른다.

예감한다
뇌 뒤에서
창살이 쳐졌구나

에-에-엑! 에-에-엑!

나에게 털이 나고, 나는 재빨라지고.

너는 에취. 너는 청어처럼.

• 음을 이용한 다다이즘 계열의 시로, 음과 뜻이 최대한 마주칠 수 있게 옮겼다.

내 포격으로 구멍난 무릎 속에
내 아버지가 서 있었다,

죽음
보다 커다랗게 그는
그곳에 서 있었다

미하일로브카 그리고
체리정원이 그의 주위에 서 있었다,

나는 알았다, 그렇게
오리라는 것을, 그가 말했네.

뤼 투르네포르 24•

너 그리고 네
서툰독일어씻어내기—그래, 씻어내렴-,
그래, 납골당—앞.

말해보렴: 뢰뷔히. 말해보렴: 시비티.

검은 수건을
그들은 네 앞에서 떨어뜨린다,
네게 숨이
흉터를 따라 부풀어올랐을 때,

또한 형제들, 그대 돌들은,
곁눈 쪽 뒤에서 말을
그림으로 만든다.

• 뤼 투르네포르는 첼란이 살던 파리의 거리 이름이다. 아들 에릭의 열세 살 생일을 위하여 쓴 시다.

누가 빛의 줄무늬를 향해 가는가,

네가 떠받치는 탑이, 잘못 쓴 빛의 줄무늬를?

네 죽음이 제 안에 얼마나 깊이

들어가 서 있는지, 아는, 한 여인.

아마실, 꼬여 있다
뇌주름 엘레•의
감각대로.

지금 갔더라면,
나 왔을 텐데, 가려낸
눈먼 눈꺼풀로.

• 길이 단위.

우리 가운데

하나가

그들 가운데 하나에게

함께 써넣은 것처럼:

그렇게

잉크처럼

그들은 망을 통해 신경을 건드린다

단 한 번도, 서 있는 비통이여,
너는 텅 비지 않았다,

가스 앞-눈물, 네게
수류탄이 터져 폭발한다,

거기에서
아무도 웃지 않네,
흉내내는 이 또한 아무도 없네, 여전히 그렇게 문자로 쓰여,
각각 말 하나 적어두었다,
반란을 일으키는 말을

매수는
희망이 아니다,
또한 태고의 세계라고도 불렸던, 규범들은,
자유의 이편에서
이해했다.

전해진 것은
열림 속의 비밀스러운
시작.

네게로 은화가 떨어졌는가?
나에게는
이웃 마을이 올라탔다
내 말馬을.
자갈돌이 놓여야 했던
곳에,
산은 제 나무를 위로
대화 속으로 조용하게 한다.

오 그대 허풍쟁이여,
그러지 마라
오 그대 배선공이여,
그러지 마라,
시간, 분, 너를 응원한다,
에릭. 시간을 반드시 새기렴.
네 아버지는
너를 돕는다.•

• 아들 에릭을 위한 시로, 프랑스어로 쓰고 별도로 번역을 덧붙이지는 않았다.

침전물-산맥에 있는 노영지,
더 밝아지리라,
티끌-관리인들은,
자기 자신의 힘으로
줄을 타고 내려와,
본분의 아래로 소용돌이치며 간다.

빵 하나가 산마루 너머로 간다,
유리잔 하나가 빵을 쫓는다.
너는 말할 수 있다, 네가 너라고.

미광의 내장, 그것을

따라

나는 색깔에 무감각한

정적을 목표에 밀어두었다.

그들은 얼음을 지치며 갔다,

H-오지 속으로,

그곳에서 첨벙거렸네 그래

동맹자의

생각을.

밤에, 반지가 휴식을 취하면,
그대들은 내 손가락으로 오네,
주거를 위한 대지는 맹세하네
끝없는-가까움 속으로
모여드는 경계를,

믿으며 생각하며 커다랗게 가네 그들의 늦음 속으로,
늦게 그의 이름 속으로,

이것은 말言의 걸음걸이다,
시간의 걸음걸이다,

아직 부름은 서 있다,
손가락들이여, 그대들과 함께.

그들은 가지고 들어온다:
경색梗塞을, 나라의 그늘만큼 커다랗게.

그리고 나는 가지고 나간다:
건배의 말을 유리잔 위로,
거기에 지중해의
입술 같은 삶이
채워졌다, 어디서나 정확한,
땅처럼 날카로운
거짓말-마라에서 나온. 이것:
너는-그것-이다-너는에서 나온 삶이.

나는 너의 더 높음을 안다.

나는 너를 더 높였지, 통찰이여.

그들은 너에게 잠을 외치지:

그러니까

공기가 들어온다

목 조이는 고문 기구를 지나서.

한 지방 관리는

명령하기를 포기한다,

어느 신

신이 된 것처럼,

하지만 언젠가

왕과 동급인 것은 보았다

산마루의 흔적과 흔적의 산마루를.

하늘을 잘 다루는 자
천상의에서.
시각적인 우연들, 하지만
고르게 다듬어지지 않은
어떤 지식, 그것이
젊어져지기를 원하는 곳에서
내 아들이 젊어진 지식.

후기 시 모음

달리는 돌의 눈길 그리고

용기도 거기에 더해서,

그의 내구성.

네 뒤에서 공간은 **자란다**,

이솝은, 우표의 현재 속에서,

그림엽서처럼-

수다스럽게,

너를 위하여 <u>스스로</u> 운韻을 맞춘다

따로따로,

또한 네

친아들은

그것을 너에게 비밀스레 해독한다,

타지에서.

가장 작은 곳

나는 샅샅이 조사된 자
그리고 또한 밝혀진 자,
　　그 성냥갑얼굴.
성 메다르두스•가
내 평발을 치료해준다,
　　나는 불평하지 않네

• 가톨릭 성인, 프랑스어로는 메다르. 첼란이 살았던 파리 투르네포르가는 생메다르성당의 교구였다.

너 스스로에게서 **몰아내었다**. 너는 너에게서 달아나지 않는다.

이것은 게임이다,

소나무들이, 던져진 태양에,

그늘을 만드는 것,

구레나룻이 몰려드는 곳에서.

발가락 끝이 조였다, 하지만 느낄 수 없이,
알아볼 수 있는 애스터,

길의 덩어리는 무너진다
자신의 너머를 지나,
또한 나무들도,

신발의 혀를 통과해, 그
뱃머리-영零과 동맹을 맺고 있네,
여전히
사려 깊지 못한 노는,

바다의 콧구멍 한쪽은
고통 없는 것을 내던진다.

여행의 들판에서 칼의 애벌레는

바쁘다,

달의 깨어짐은 투구를

옮긴다,

어떤 술수는 높이 굽실거린다

함께-

실린 먹을 수 있는

진실 속으로.

LES DAMES DE VENISE*

당신들 가운데 누구도
보지 않았는가 붕붕-
소리를 내는 곤봉이
당신들을 향해 있다는 걸?

이 겉보기에
꼿꼿이 걷는 자가
그랬다.

* 프랑스어로 '베네치아의 여자들'.

유리의 추락 아래 비밀재판적인 것.

그리고

시곗바늘 열둘은

더듬으며

가장 작은 초 뒤

그 너머로.

평온함은 모든

계산되지 않았던 만灣에 있는

수염 난 벌집을 쏜다

왼쪽으로, 왼쪽으로

모기 한 마리, 비둘기만한,

산 뒤에 있는 얼굴의 젖을 짠다,

너의 저녁은 충분하다

어느 돌의 젖통으로

위에-

걸린 말言을 위하여,

네 기억이 지금 올지라도,

숙고하며

네 부당함 속으로 길을-

잃은

신처럼.

저 자신을

넘어서

강력한 이는 돕는다

매시간

그럼에도 불구하고와 위에 있는 광휘 사이에서:

나사못야곱,

내게로 사다리의 스티로폼을 깨문다

더 파랗게.

그들은 먹이로 너에게 식물보호를 준다:
이것이 네 손들을
다시 살아나게 한다고 한다,

싹이 나는 것을 즐거워하는 이들에게 매듭을 풀어주라,
속눈썹을 달아주라
탑의 가시로,

한 번도 믿어보지 않은 것이
날 수 있게 한다.

믿음직하게 이미 전에 손상된
늑골 **뒤에서**
공적으로 비탄에 잠긴
감각내장-뭉치가 꼬인다
필요에 따라,

너에게 함께 지시한다, 바로, 너로부터,
앞이 보이지 않는 것으로 정해진 새벽이
너를 진흙 같음으로 마비시키기 전에.

밝게 할 수 없음 속
문 하나가 떠나간다,
문에서 위장얼룩들이
벗겨진다,
진실에 젖은 것들이.

유리벌집, 돌의
광채에 고아져서,
근심을 불어 꿰뚫는다,
손님을 환대하며,

너는 내내 서투르게 뚱땅거리는구나,
모든 것을 통해서,
기름 한 방울, 심지를
찾으면서, 오로지
상실과 별이 됨으로 인해.

영어인 것은 정적을 흉내낸다. 정적은
붙들어 움켜쥠 사이에서
네 청각에 부딪혀 흠을 낸다.

진홍빛 손 하나가
성대를
너의 넓은
은으로 장식된
위장 속에서 꼰다.

십자가요마妖魔, 도박으로-
잃었다,
손톱 백 개 사이에서.

쾌활한 관의 눈물은 미끄러진다
곰의 목소리를 가진
허파들-알라우네• 곁에서.

• 인간을 섬기는 작은 요마, 혹은 서양의 민간신앙에서 신비로운 식물로 인식되는 만드라고라의 독일식 이름.

비밀의 눈송이로 덮여
네 겨울 속에
신을 마시는 자들이 서 있다.

또한
옆세계를 돕는 누군가,
그를 기억의 암벽들이,
유랑한다.

유령의 문지방들 위에
춤추는 모기들은 그린다
네 행운의 섬세한 선영線影을.

너는 팀파니소리를 기다리지,
안전장치가 풀린 심장의 뇌로.

풍경, 매가 없지는 않은

바람 부는 등어선, 기호학적으로
탈색하고 변색했다;
통합어들, 통합어들;
하나의 방랑-코드, 항성들-축들 위;
이정표의 연속, 상처에 날개를 달아;
신호의 포도주, 고통의
글귀가 쓰인 썰매의 활목 속;
화성의 만조, 은하수의
번개에.

깃발들은 빛을 지킨다.

눈길을 깃발들에 고정하지 마라,
눈길을 돌리지도 마라,
다리통행세를 치르지도 마라.

동등한 이들 숨쉰다.

폴란드의

기도개구리들

깍지 낀

뒤러•의 손으로

마지막 하늘을

반으로 가른다.

• 독일의 화가이자 조각가 알브레히트 뒤러. 주로 종교적인 주제를 다루었다.

맥박의 빛줄기,

팔-

굽힘 속에서: 사랑하는 이

라는

말, 빵-

손들에 펼쳐져 오래

유지되었다,

지금 여기에는, 어떤 영속, 마치

내 주위의 밤이 속한 것처럼, 네 낮의

보호 속에서.

머리들은 살금살금 돌아다닌다
어느 초超-
예술의 잘못된 어법의
영향권 속에서,

금속제로 목에 둘러진, 내장들,
주시하네,

볼트 하나는 행동하고 행동한다
선험적인 모양으로,

가벼이
굽히며,
너는 또한 이
존재-
이웃을 장악한다.

의견은 **쪼개지지 않았다**. 연기의 돌 하나,
어디에도 연관시킬 수 없다.
셔츠 하나.

너의 지치지 않는
애무로
더듬어 찾아낸
야생의 노래들, 털갈이를 한다.

어둠 속 **흉터의 문장학**, 우리,
흉터를 지운 자들, 정중앙에,
모든
우리 운명의 발산된 화려함과 함께,

나에게 너는 상실을
노래한다, 나는 네 너머에
있다, 나는
미리 안 것을 이쪽으로 다스린다,
마치 두번째의,
강력한 행운인 것처럼.

살아라 삶들을, 모든 삶을 살아라,

꿈들을 구별하라,

보렴, 나는 올라가네, 보렴, 나는 떨어지네,

나는 다른 사람이다, 나는 다른 사람이 아니다.

너를 파헤쳐라 무너뜨릴 수 없음 속으로,
들어라 그 안에서 말하는 고통을: 나는
다만 나였고, 나는
나다,
나는 있었던 자다,

그를 네게로 잡아라 마치 눈송이인 것처럼,
그를 들어올리지 마라,
그를 그이게 해라,

네 것인
입김이 실린,
앎에 반대하는
겨울로 두어라

바다의 수송대로, 또한
이러한 하늘
아래, 너는 점거를
행한다, 바깥에는,

깃발의 천, 네
가장 노래에 유효하던 천이,
네게로 나부낀다,

너는
손을 흔드네.

흔들체를 통해 나는 꿈을 보낸다,

너는 꿈을 받아 모은다, 영혼-

접시에

그리고 그것을 음식에 더한다,

우리 서로 뒤얽혀 무릎 꿇은 이들은

뿌리쳐야 하는

음식에.

네 마지막 주석의
검음: 영원한
빛은
네 머리를 유리로 만든다, 그
벽은, 뇌우처럼 창백하게,
대기를 꽉 깨문다,
대기로부터 그는 짓이겨졌지, 그
주석의-
균형으로,

그에게서
네게 없는 것을, 너는 가진다,
너는 곧게 걸어간다, 네
면갑, 함께
더 검어짐으로
다시 한번 입은,
그것은 강하게 한다: 네
뇌를.

관자놀이의 뜨거움, 또한

저편에도 열린 고통에

거름을 주고 (고통은 무엇도 자유롭게 하지 않지):

네

베개, 너는

새로 베갯잇을 입혔다

반쯤-

사면赦免된

천으로.

너는 도피처를 찾는다

풀리지 않는

상속의 별 곁에—도피처는 네게

허락되었다. 지금

너는 네 두번째의 삶에서

살아남는다

네 고향은

—얼마나 많은 집들 가운데?—

네 태생의 짐 아래에서

깨어난다,

뾰족한 거룻배 안,

은빛화물의 이웃,

전기로 운韻이 맞았다가 운을 빼앗겼다,

항해가 시작-

되는,

진수대로 가는

길에,

울려퍼지는 모래-

봉지 속에서.

잊음은 네게 기억을 선사한다
날아간 달의 대낮에,

이미 너는 고요히 별빛의 먼지를 파내는구나,
영원에 강한
미생물의
지저귐에 감탄하며.

진흙으로 빚은 짐승은
빛줄기-
양털과 논다: 두번째의
삶이 첫번째를
살아남는다, 증기는
입김을 통과해 달린다,
문자-
들은 앞으로 서 있다,
그렇지만:
아직 복무하지 않고,
아직 겁내지 않고,
아직
후작이 아닌 채.

음절비행 아래

죽음까지 짧어짐의 출발,

비행을 이쪽으로-

끌로 판다 비행만의 메마르지-

않은

오른편을,

비행에 문들은

도시로 열린다,

그들은 함께 고정한다, 둘은,

실현되지 않은 것으로.

피의 정글 속, 그곳에
이별이 서 있다, 가느다란-
손가락같이, 각각의
손가락 끝에, 심장-
모양으로, 어떤
화경火鏡, 그곳에는
호랑이가 약탈한다
낮을.

대지의 광휘에

잠을 필요로 한다

깨어 있는 곁의-

하늘에서.

대지의 광휘에

잠을 필요로 한다

깨어 있는 곁의-

하늘에서.

모기다리 같은 삶,
송풍기풀무 속
철자바꾸기 같은 집에 있음,

그
확신은, 여기에 더해-
불어져서, 정거장을 만든다
제멋대로인 종유석 곁에서
식식거리며.

진실의 소비,

스스로 쌓아올린 쓰레기장에

추파를 던지면서.

결실을 맺는다

봉인이 떨어진 부재로:

비탄의 광채, 광채는,

그래, 광채는

빛들을

공략한다.

깃발 같은 꺾꽂이가지들, 밤인사를
위해 고용-
되었다, 조타기
왼편으로.

눈眼의 무리, 안으로는
해양처럼, 영원히,
그 위로
눈멀어 헤엄치는
고래는,
굴린다
후유증들을 저-
위쪽으로 위를 향하여
근본을 탐구하는 것들 속으로.

너를 구슬리는

어둠, 발굴자의 집 안의

불,

빛나는 뒤에 남은 불안

—여기에 걸려 있다

네 종의 줄에 엮인 이름

여기 안으로와 함께—,

뒤에 남은 불안, 두

소화작업 사이에

서서–

머무르는 포도나무행렬을 가리킨다, 마신다

종이컵 하나를

인생을.

발톱 달린 빛-부식토, 그것을 채굴하지 마라:
먼지처럼 흩날리는
시간, 가루가 된
소기관들: 그것으로부터
둘이 너를 꾸짖는다,
둘이 너를 번쩍이게 한다.

나는 파내려간다 네 발걸음의 흔적을:
세계는
흘러들어간다
결정적인 틈 속으로,

나는 너를 다시 사랑한다
나 자신인 열의 가장자리에서,

너는 덩어리를 지우며 책장을 넘긴다
내 멀어진
증거들 속에서.

혼란스러운 금, 혼란스러운 구리,
깊이 모욕당한 무無 속에서:
기도의 가시와 함께, 끊임-
없이,
가시들은 내 무릎을 공격한다.

인간의 파편들은

안으로 덜컹거린다,

빛 뒤는 밝아질 것이다,

벤진-

신神들은

벌거벗은

생각-목책 속에 배꼽을 준다,

다스리는

배고픔의 천막은

불처럼-먹을 수 있는

사면을

공포한다.

작은 음절, 짧은 고향,
그곳에서 너는 비밀로 싼 채 길을 잃어버린다,

그 하나, 많은,
영혼을 불어넣은 크리스털 속의
이웃은
너에게 열흘 동안 뒤따르는 광기를
더한다.

너에게 깍지 끼지-
않은 두 손으로
무게를 재어보았다:
내 절망의 소리-
없는 인내를.

흩어져 있는 후기 시

조용한 표시,

아직 눈에 물기어려:

네 길은

안으로 연결된다.

시간의 들어올림 속,
세계의 해독에,

갈매기는 안으로 매달리고,
백악기는 형태를 갖춘다,

얼음을 마주보고
모든 이름의 자신에게-
그리고 공공에 가장 위험한 것이
고개를 끄덕인다.

KEW GARDENS*

지금, 내가
너를 쌓아두는 곳, 다시,
내 손들 안에,
바깥으로 올해는,

말 더듬는 박새는
순 푸른빛으로
녹아든다.

* 영국 런던 서남부에 있는 유명한 왕립 식물원인 큐 정원.

세계는

손가락으로 너를 만지작거린다: 물어보렴
세계의 강도를,

목에 박아둔 편도: 그 결에서
너를 확인하라,
네가 너에게 온다는 것을, 네
빛을 느끼는 가장자리들에.

순 팔아치워버렸던 왼쪽
자유로운 눈들 위 너는 매달려 있다
너를 원하지 않는,
죽음 안쪽으로,

투광조명의 탑들이 사냥해 잡는다
아직 눈에 보이는
반지의 흔적을,

접근해라,

드디어
뒤엎인 곤궁들이
또한 너도 실어나른다
콧구멍만한 농장의
진실 속으로

쓴 시기를 알 수 없는 시

그에게 들린 것이 귀에서 꾸역꾸역 밀려나온다
그리고 밤들은 흘러 지나간다:
그에게
설명해라, 네 손들에게서
네가 엿들은 것을.

네 방랑자손들에게서,
그들은
눈雪을 잡지 않았나, 산들을
거역해서 자라났던 눈을?
그들은 오르지 않았나
심장이 쿵쿵 뛰는 나라의 침묵 속으로?
네 손들, 방랑자들.
네 방랑자손들.

패배해 너는 나와 함께 산다,
작게
그리고 짐을 진 채.

다만 바깥, 우리의
영혼이 아직 서 있는 곳, 불모지에서, 그곳에서는
노래하네. 노래하네
우리 옆을 걷던 이, 그의
잔영 속에서.

구름이든, 별이든: 우리는
우러러보지 않는다.

더 가까이 다가오라, 오라:
우리의
열린 집을 통과해
두 번 흩날리지 않도록.

파울 첼란—쿠르트 레온하르트

쿠르트 레온하르트

파울 첼란

입구와 출구를 비워주십시오! 시입니다!
(각주와 발가락주로 보호되어 있습니다)

연약한 이들은 세워져 있습니다,

주사위는 던져졌습니다.

연약한 이들은 던져졌습니다,

주사위는 세워져 있습니다.

던지기는 세워져 있습니다,

주사위는 연약해져 있습니다.

프랑코, 포르테

구일 구일

에

구천

구백

구십 그리고

ㄱ

ㅜ

파울 첼란

쿠르트 레온하르트

부록

또한 우리는 있으려 하네,
시간이 문지방말을 하는 곳에,
천년이 젊게 눈雪 속에서 올라오는 곳에,
방랑하는 눈眼이
제 놀라움 속에서 쉬고,
오두막과 별이
이미 길이 다 측량된 것처럼,
푸름 속에 이웃처럼 서 있는 곳에.

늑대콩

……오
그대 독일의 꽃들이여, 오 내 심장은
짊어질 수 없는 수정체가 된다, 그 옆
빛이 저를 시험하는, 만일 독일이
횔덜린, 〈심연에서 말하자면〉……

……유대인의 집들 옆처럼 (폐허가 된
예루살렘을 추모하며), 언제나 무언가 완성되지 않은-
것을 남겨두어야 하는 것처럼……
장 파울, 『캄파니아 골짜기』

빗장을 걸어라: 이것은
집안의 장미다.
이것은
집안의 일곱 송이 장미다.
우리
아이는
그걸 안다 그리고 잠잔다.

(멀리, 우크라이나의,
가이신•의,
미하일리우카, 그들이
내 아버지와 어머니를 때려죽인 곳에서는: 무엇이
피어나나 그곳에서는, 무엇이
피어나나 그곳에서는? 어떤
꽃이, 어머니,
당신을 아프게 했나요
그들의 이름으로?
어머니, 당신을,
당신이 **늑대콩**이라 말했던 것, 아니:
루피너스요.

어제 그들 가운데 한 사람이 왔어요 그리고
당신을 죽였어요

• 우크라이나 지명으로 오늘날의 하이신. 첼란의 부모님이 미하일리우카 수용소에서 이곳으로 옮겨졌다.

다른 때엔 내
시 속에서.

어머니.

어머니, 누구와
나는 악수했나요,
내가 이러한
당신의 말들과 함께 독일로
갔을 때?

--에서는, 당신은 언제나 말했지요, 엘베강
옆에 있는
--에서는,
언제나
도망중이었다고.
어머니, 그곳에는 살았습니다……

당신, 당신은 늑대콩이라고 말했어요.
그들, 그들은 늑대소굴을 지었어요.—누가
사나요?
숨의 흔적 위에 당신이 살아요, 숨을
찾기 위해, 시
속에.

어머니, 나는
편지를 썼어요.
어머니, 답장은 오지 않았어요.
어머니, 답장이 한 통 왔어요.
어머니, 나는
편지를 썼어요—
어머니에게, 편지들은 시를 씁니다.
어머니, 편지들은 시를 쓰지 않았어요,
내가
당신을-
위해,

당신의

신을

위해.

썼던 것이, 시가 아니었다면.

찬양하렴, 당신은 말했어요,

영원을 그리고

찬미하렴, 세-

번

아멘.

어머니, 그들은 침묵합니다.

어머니, 그들은 견딥니다,

비열이 우리를 헐뜯는 것을.

어머니, 누구도

살인자들의 말을 가로막지 않습니다.

어머니, 그들은 시를 씁니다.

오

어머니, 얼마나 많은
가장 낯선 들판이 당신의 작물을 실어나르는지요!
그것을 실어날라 먹이는지요
저기 죽이는 자들을!

어머니, 나는
길을 잃어버렸습니다.
어머니, 우리는
길을 잃어버렸습니다.
어머니, 내 아이, 당신을
닮은 아이가요.)

빗장을 걸어라: 이것은
집안의 장미다.
이것은
집안의 일곱 송이 장미다.
이것은
집안의 일곱 팔을 가진 촛대다.

우리

아이는

그걸 안다 그리고 잠잔다.

어머니, 길을 잃지 않은 이여, 우리,

길을 잃지 않은 이들과 함께,

당신은 이긴다.

그리고 우리와 함께 진실과 정의와 똑바름,

화해하는

사랑

을

위해서.

그리고 무거워라,

그리고 무거워라 마치 네
지금 세월을 지나서도 헤아릴 수 있는
그곳- 그리고 나를-둘러싼-존재처럼.

그리고 무거워라, 사랑하는 이여, 그리고 무거워라

그리고 무거워라 마치 이곳-
그리고 벗어나-두번째-
어둠 속으로-감히 들어가게-
되는 것처럼.

세 번 무거워라.
세 번 그리고 또다시 세 번,
그리고 언제나 너와 함께.

무거워라 그리고 무거워라 그리고 무거워라.

그리고 단 한 번도
가장된 심장과 함께는 아니어라.

간다,

손을 지나서 너에게로 갔던 것이,

네 손의 길을, 밤의,

운명의 길을 간다.

제 길들을 간다.

한 줄, 언젠가

종이에 불어넣은, 헤엄치는

탁자 위:

밤사이, 밤사이, 그때 된다,

그때 나날은 된다, 그때

나날은

하얗게 된다.

콜라—숨-

바다들. 그곳으로

의미는 잠긴다, 시계침은 잠긴다, 이름들

쪽으로.

또한 네

아래, 두더지가 위로-

던져놓은 흙은, 심장은

시계를 가진다.

입김문자, 손문자.

손 위로 갔던 이는, 손이

썼던, 그는,

쐐기풀문자를 읽었던 이는, 계속

읽었던 이는, 읽지-

않았던 이는, 이해하지-

못했던 이는, 그는

숨을 쉬었다, 그는

썼다:

숨-, 나-

도둑에게.

자정

갈대 속, 그곳에 시간들이 서 있다—
갈대는, 어디에 서 있나?
내가 보지 않은,
네 눈 속에 서 있다.
        높이. 빽빽하게. 배부르게.
        짙은-
        녹색으로.
나는 이름이 없는 자—
나는 그 앞에 서 있다.
내 손 하나와 함께:
그 앞에, 그 앞에.
        이름: 잃어버렸다
        사람들-
        늪지에서.
        다른, 한 손은:
        어디에?

높이. 배부르게. 빽빽하게.

짙은-

녹색으로.

곤봉들, 검은.

가장 검은 곤봉들—둘.

손이여, 너는 자유다,

너는 그것들을 모아 한데 두어라—

네가 알고 있는 것은, 입맞춤이다.

실감개비둘기와 함께, 그렇게 온다
늑대인간이 그곳으로부터, 마침맞게 비추는
거짓의 한가운데에서 숲을-
그리고 되풀이해서 걷는 자가.

어서 가렴, 그를 쫓으렴, 그는
혼자가 아니다.
그와 함께 거꾸로-
뒤집힌 사형집행인의 말言도 간다, 커다란-
아가리로, 금니로
주위를 빤히 바라보며, 금엄니로, 금-
발톱으로.

발레의 비가

절반의 밤과 밤을 기억한
미동, 경련, 말없는
승리들. 외로운, 만년설 속
음경의 시간.
레기나 바기나.

(흑해의 옛날 타타르인 마을의
가장자리에. 모래-
형상, 모래머리칼, 모래입—:
마치, 마치 언제나 그런 것은 아니지만
오래전에 교미를 끝낸 말言 하나가
우리 곁에 누워 있는 것처럼, 갖가지
흔들림 속에.

우리는 누웠네, 우리는 누웠네. 나는 헤엄쳤네,
눈 속 우리 밤, 네 눈을 향해서.
바람빛 하나,
네 심장은 방파제 위에 서 있었네, 우리는 날아갔네

물 뒤의 집으로, 반짝거리며. 창문 하나
우리를 비추었네, 그것은
어느 이름의 집 창문이었네(또한 나는 그를
발굴했네, 깊이로): 크리스티안
라코브스키—흑해의,
흑해의 옛날. 결코아님 너무 많은
언제나. 타이가의 은은한 빛과 함께 있는 바다.
(아직 너는 알고 있는가, 누구의
잠이었는지, 그때, 창문 뒤
비닐에 싸여 있던 잠? 크론슈타트•의 위쪽에,
카르파티아산맥-
연설대 위에,
수도승이 지은 건물 안,
종유석 덮개 밑에, 그곳에
우리는 우리 안에서 기어올라갔다
고통의-

• 루마니아 도시 브라쇼브의 독일식 이름.

마디가 있는
숨
밧줄에.
성 세례자 요한의 축일 무렵, 네가
나를 떼어 잘라버렸을 때까지, 코리나여. 이러한
상처의 그림 속
그녀는 무덤을 가졌네, 지중해-
물결은 그곳으로 그녀를 실어 보낸다
익사한 예루살렘별과 함께.)

계속 물러간다, 너에게로, 언제나-
가까운 잃어버림.

고요하고 또 고요한
대탈출-빛깔의 눈眼,
더 조용하게,
세미팔라틴스크에서
떠돌다 돌아온 비탄:

걷고 있는 이 하나, 나는
네가 오는 것을 보았네. 우리는
너무 오래 살아남았지.

통행세. 고향의 통행세. 나무-
내음 여름에, 어느 어린 시절의
가장자리에. 서 있었네
—책 속에 그리고 너도밤나무 아래 서 있었네—, 서
있었네
숲속에는 제재소가. 커다란 낫 위에
낫 위에
그들은 너를 짊어지고 그곳을 지나갔다: 네
이름은 무엇이었느냐,
머리 잘린 자여? 네 이름은
유딧이었다. 서 있었네
숲속에는 제재소가.

통행세 그리고

통행세의 저편, 마우트-
하우젠. 수천의
계단, 발자국 하나가
그곳을 지나갔다(그때
이미 거짓의 걸음이었나? 한
걸음이었지, 그리고
누가 기꺼이 각각의 걸음을 떼는
발에 입맞춤을 하지 않으려는가,
거짓이? 눈 하나가)
—눈 하나가—, 다르게,
서 있었네 뿌리-, 구근-
부분에, 경작지를
보았네, — — — 그것은
식물이다, 너는 아는가,
서 있다,
그것은 붉은
유대인뿌리와 함께 네게로 들어와 서 있다—그것을
보았던 이, 그에게로—

그에게로, 그렇게 다시 본다, 그가
스스로를 볼 때, 그에게
영혼의 눈 속에서
영혼이 피어오른다.

나는 노래한다: 나는
그 영혼을 보았네.
(보았네—보았네—입맞춤을 했네)
영혼이 왔다네,
눈眼을 변환시키는 것처럼 영혼이 왔네, 열려서,
영혼은 왔네
현혹되지 않는 예감과 함께, 빛,
열 번이나 꺼져버린 빛, 밝게
영혼은 품속에 실어날랐다, 자유롭게,
누이처럼 갔다
영혼은 그늘의 길을 올라가서, 수천의-,
통행세의 길을, 보지 않았던 길을— 기이-
해라 그대, 길에서-

떼어낼 수 없었던 이여. 빛의 품.
살베 레기나.)

절반의 밤과 밤을 기억한
미동, 경련, 말없는
승리들. 언제나-
가까운 잃어버림, 여기,
오늘. 성-
금요일의 여행, 너와 함께, 바늘
아래에서 난쟁이가 된
절망. 라론.

생각의 숨가쁨,
또한 빙하의 들판 위에,
증거도 없이.

커다란 돌표지 너머로
내일인 것이 집 쪽으로 쓰러진다.

"그대들 깊이 내려앉은 곳이여 그대들의
황토로 만들어진 함지들과 함께
길 위에 있구나."

거칠게 부러지기 쉬운 것이 긁어낸다
이름과 목소리를 주위에서,

잃어버릴 수 없는 곤궁의 손은
별 같은 것을 태워버린다.

무엇을 통해서도 흐려지지 않는 눈길.

너보다 죽음 하나를 더 많이 가지고
나는 죽었다네,
그래, 하나를 더 많이.

모난, 비뚜름한-
얼굴의 혈족,
밝은 목재로 염탐한다.
그곳으로부터 기어서 혈족은 오네,
왕의 먼지를 통과해.

우리는
여기에 살지 않는다.

잃어버릴 수 없는 것에 의해
지금 밀려 넘어졌다,
위대하게 그리고 과묵하지 않은 채: 너.

너를 여러 번 들으렴, 너를 들여다보렴,
너를 달래렴.

너를 쓰지 마라

세계들 사이에서,

눈물자국의 가장자리에서 배우렴

사는 것을.

보리수잎 같은 실신,

위로 쓰러진

덜컹거리는

절반의 시편.

파리, 가장 작은 곳

나는 샅샅이 조사된 자
그리고 또한 밝혀진 자,
그 성냥갑얼굴,

성 메다르두스가
내 평발을 치료해준다,
나는 불평하지 않네

육필 원고

파울 첼란 연보

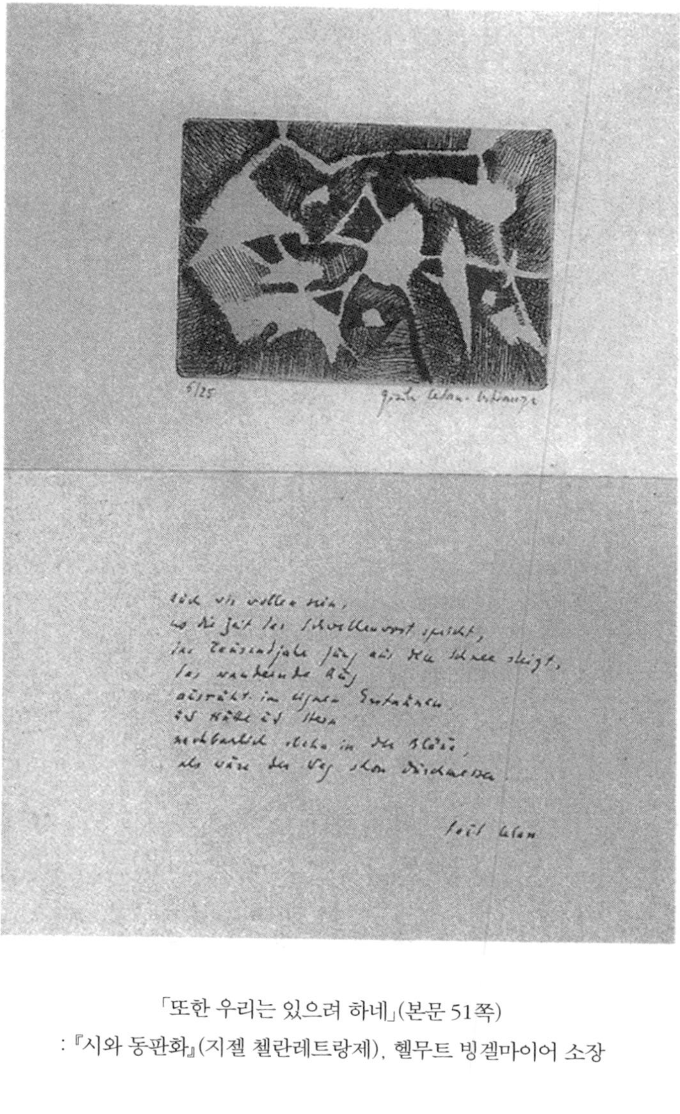

「또한 우리는 있으려 하네」(본문 51쪽)
:『시와 동판화』(지젤 첼란레트랑제), 헬무트 빙겔마이어 소장

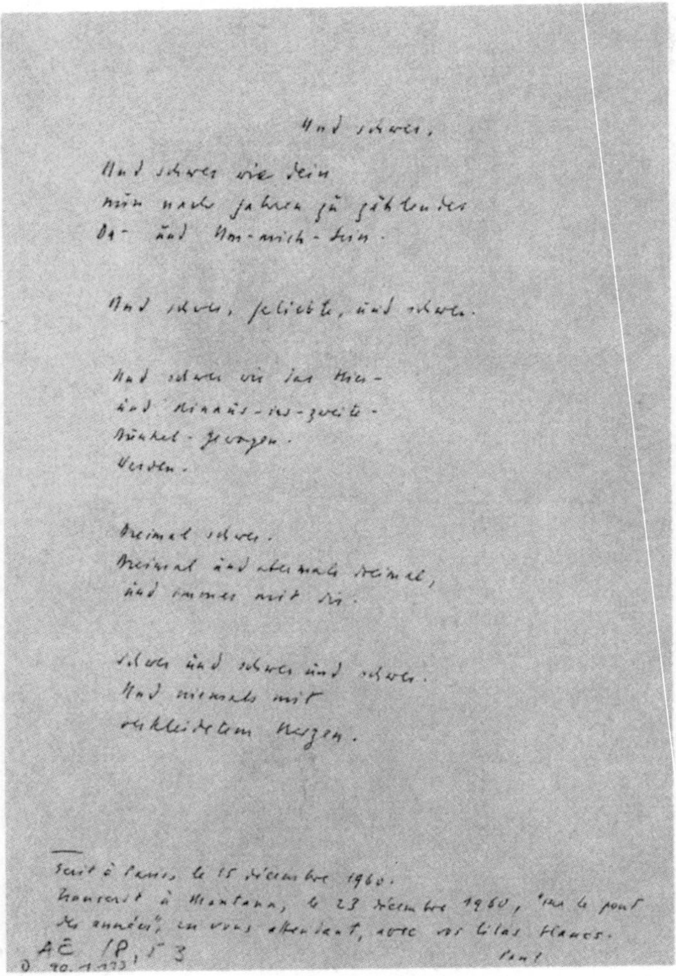

Und schwer,

Und schwer wie dein
mir nach Jahren zu zählender
Da- und Um-mich-Sein.

Und schwer, geliebte, und schwer.

Und schwer wie das Hin-
und Hinaus-ins-zweite-
Dunkel-Gezogen-
Werden.

Dreimal schwer.
Dreimal und abermals dreimal,
und immer mit dir.

Schwer und schwer und schwer.
Und niemals mit
verkleidetem Herzen.

Ecrit à Paris, le 15 décembre 1960.
Transcrit à Montana, le 23 décembre 1960, "sur le pont des années", en vous attendant, avec ces lilas blancs.
Paul

「그리고 무거워라」(본문 349쪽)

: 마르바흐 독일문학기록보관소

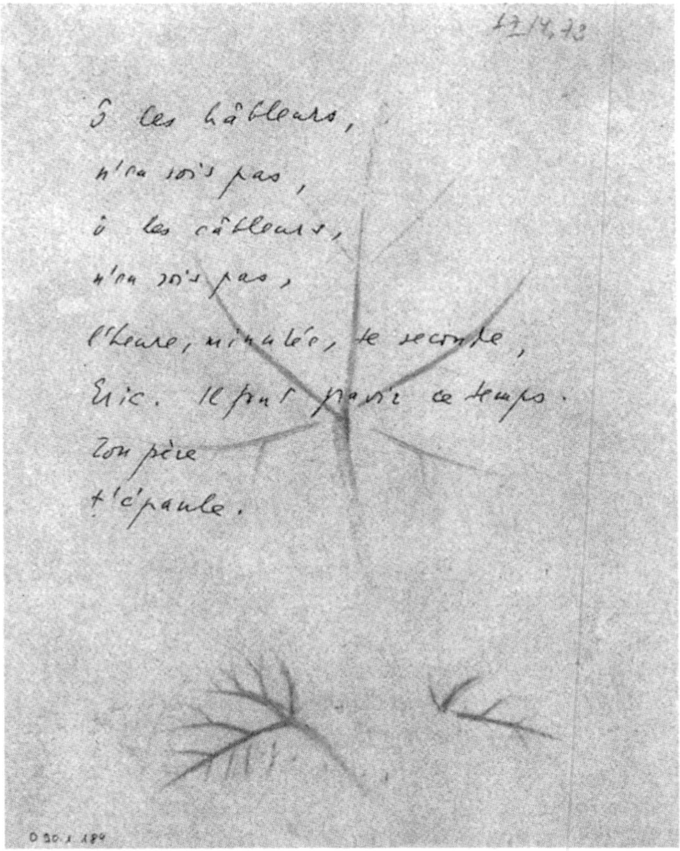
ô les hâbleurs,
n'en sois pas,
ô les câbleurs,
n'en sois pas,
l'heure, minutée, la seconde,
Eric. Il faut parer ce temps.
Ton père
t'épaule.

D 90.1.184

「오 그대 허풍쟁이여」(본문 265쪽)
: 마르바흐 독일문학기록보관소

파울 첼란 연보

1920년	11월 23일 부코비나 체르노비츠의 유대인 집안에서 출생. 본명은 파울 안첼.
1938년	체르노비츠에서 대학입학자격시험. 프랑스 투르에서 의과대학 공부.
1939년	체르노비츠로 돌아옴. 라틴어문학 공부 시작.
1940년	체르노비츠가 소련 영토가 됨.
1941년	독일과 루마니아 군대의 점령으로 체르노비츠는 유대인 거주 지역(게토)이 됨.
1942년	부모가 집단학살수용소로 추방됨. 수용소를 탈출했으나, 다시 루마니아 강제수용소행.
1944년	4월 다시 소련 영토가 된 체르노비츠로 돌아옴. 대학 공부 재개.
1945년	부쿠레슈티에서 번역과 편집.
1947년	루마니아 잡지 『아고라』에 처음으로 시 출판. 12월부터 빈 거주
1948년	7월부터 파리 거주. 독문학과 언어학 공부. 빈에서 『유골단지에서 나온 모래』 출간. 후에 오자가 많다는 이유로 회수.
1950년	문학 학사학위 받음.
1952년	『양귀비와 기억』 출간. 슈투트가르트, 독일 안슈탈트 출판사.